Re:從零開始的異世界生活
Re: Life in a different world from zero

「抱歉。等我到談話結束吧。」
為了讓雷姆安心，昴撫摸她的頭。

Crusch
庫珥修

Priscilla
普莉希拉

Anastasia
安娜塔西亞

Emilia
愛蜜莉雅

Re: Life in a different world from zero

The only ability I got in a different world "Returns by Death"
I die again and again to save her.

CONTENTS

Re:從零開始的異世界生活6

長月達平

青文文庫

封面・內彩、內文插畫●大塚真一郎

第一章　『拙稚的談判』

1

這次的『死亡回歸』現象，對昴來說是第三次的輪迴現象。

第一次是被召喚來的第一天，跟偷徽章事件有關的路線。

第二次是在羅茲瓦爾宅邸，以魔獸騷動為主的路線。

「這次是第三次……可是都死了兩次了還啥都不知道，我到底在幹嘛!?」

至今的路線中，昴都是透過『死亡回歸』並整理從中獲取的情報，才能在走投無路的事態中開闢出新的局面。

可是這一次，昴卻是糊裡糊塗地迎接兩次『死亡』。

就連導致輪迴的『死亡』全貌都一無所知。

不過，即使是在如此無可救藥的迴圈裡，也靠『死亡回歸』得到唯一確切的情報。

「貝特魯吉烏斯・羅曼尼康帝……！」

他是魔女教高階幹部，率領一個異常者團體，同時也是在村莊和宅邸引發慘劇的一切元兇。

抹殺那個可恨的狂人，是昴現在所有行動力的泉源。

為了脫離輪迴，有必要撈光散落在記憶湖底的所有碎片。

——同時朝憎恨裡添加第一次和第二次的死亡，好培育殺意之炎。

「首先最重要的，是我被允許干涉的確切時間限制。」

宅邸和村莊被魔女教攻擊，都是在昴抵達村莊的半天前。

很諷刺的是，昴抵達村莊的時間，在兩次的死亡迴圈中都沒有太大的變化。

「倒推來算，時間被控制在五天……不對，四天半吧？」

說出口，就為這少得可憐的時間咬牙。

考量到從王都移動到宅邸的時間，實際上的可用時間不到兩天。可是卻要在有限的時間內阻止魔女教——扼殺貝特魯吉烏斯。

「感嘆留待之後。……先考慮怎麼突破輪迴，這是這次的勝利條件。」

絕對要避免宅邸和村莊發生慘劇。原因出在魔女教，這次命運丟給昴的難題，其標準解答是——

「殺了貝特魯吉烏斯。」

只要殺了狂人、諸惡的根源、卑鄙惡毒的殺人犯，就能拯救一切。

而要完成這項簡單的條件，答案也很簡單——亦即力量。

要對抗貝特魯吉烏斯率領的魔女教，那自己這邊也必須以團體挑戰。

一想到這邊，就覺得愛蜜莉雅陣營裡的戰力實在非常貧乏。話說回來，昴從未看過領主羅茲瓦爾率領私人軍隊過。

可能是因為他本人強到爆炸，所以才不需要守護領地的戰力吧。

「仔細想想，羅茲瓦爾在魔女教進攻時，跑到哪裡去了呢……？」

不管是第一次還是第二次的迴圈，昴都沒有見到羅茲瓦爾的身影。

他是個不管外觀還是戰鬥方法都很華麗的魔法使者，若認真應戰的話，一定會在宅邸周邊留下戰鬥痕跡。可是卻都沒有看到過。

「魔女教是趁羅茲瓦爾不在的時候進攻的？不是的話，就是羅茲瓦爾突然被暗殺或是遭遇奇襲導致無法應戰？」

如果是後者的話，那魔女教的準備可說是萬分周全，前者的話就只能嘆息羅茲瓦爾很會挑時間。

「……還有第二次的最後，破壞宅邸的怪物到底是什麼，也還是不得而知。」

回想起『死亡』之際——擁有讓人錯看成宅邸的巨軀四足獸。

野獸的吐息足以冰凍世界，昴就是被那股冷氣給凍死的吧。假如那個怪物也是魔女教的戰力的話……

「這樣看來，戰力遠遠不夠啊。」

魔女教徒，貝特魯吉烏斯，還有可能留在最後才動用的吹雪怪物。

果然戰力壓倒性的不足。就算要擱置不理也有必要充實戰力。

——應該要從哪尋求戰力，昴已經了然於心。

2

結束順路去王都中層、商店和露天攤販綿延成行的商業大道之行後，昴和雷姆回到庫珥修宅邸，是在夕陽照耀的時分。

「兩位回來了。」

在變成朱紅色的天空底下，於宅邸正門迎接手牽著手的兩人的是威爾海姆。穿著黑色禮服的老管家，瞇起藍色瞳孔看著挨近的兩人。

「昴殿下，雖然有人說花心是全天下男人都會犯的錯，但我個人不太贊同這樣的行為。」

「你在說什麼啊，威爾海姆先生。這是為了防止我迷路，雷姆才會握著我的手啦。對吧，雷姆。」

「是的，當然是如此。因為昴的注意力散漫，要是眼睛和手離開的話就會害雷姆非常擔心。所以即使在屋子裡也不可疏忽大意。」

「不，我覺得這樣講太過份了喲。」

威爾海姆半開玩笑，昴和雷姆也俏皮地回應，只不過雷姆的回答帶著認真。昴邊苦笑邊瞥向宅邸門前。

「好像又有誰來會見庫珥修小姐啦？」

會這麼問，是因為在鐵製正門旁邊停靠著一輛龍車。

車體的裝飾欠缺奢華卻帶有纖細，彷彿表現出龍車車主的品格。連拉客車的紅色地龍，覆蓋鱗片的肌膚看起來都光澤飽滿。

駕駛的禮服也很筆挺，除了以目致意外，完全不開口聊天。

「嗯，正是如此。自從參與王選之事公開後，要求拜見庫珥修大人的人士就源源不絕。雖說也有庫珥修大人親自召見的人。」

「還有來對未來可能成為國王的人逢迎諂媚一下的人吧。唉呀，形形色色的人都有，還真是辛苦呀。」

直截了當道出事實的昴，讓威爾海姆忍不住苦笑。

接著，老人收斂表情。藍色的瞳孔彷彿在探索，緊緊凝視昴的雙眼。

「昴殿下。您私底下有了什麼心境上的變化嗎？」

「唉喲？怎麼突然講這個。才過兩、三個鐘頭我就變成型男啦？」

「您的眼中有修羅蟄伏，而且貨真價實。」

這句話，讓原本不正經回應的表情轉變。

掩護用的笑容，轉為『貨真價實』的笑容。

「討厭耶，威爾海姆先生。講得好像我有什麼奇怪的變化呢。」

「很難說是微小的變化吧。眼中會有那樣微暗的光芒，需要相當的理由和契機。──這點，我比任何人都清楚。」

在點頭的威爾海姆的眼中，昴看到了至今未曾察覺的光芒。

威爾海姆也有個無法原諒、讓他殺意沸騰的人物。因此才會覺察到昴的憎恨之炎吧。

「你會疏遠我嗎？」

「不。昴殿下就請做您想做的事。跟方才離宅的您相比，現在的您更令我欣賞。」

互換黑暗微笑的兩人，交情已到不需表白心意，只憑表面即能理解。

「昴，表情不好看。」

「欸欸欸……我說好痛好痛好痛！等一下，雷姆小姐！會被扯掉啦！」

耳朵被拉扯的痛楚，強制中斷陰沉過火的談話。

「請不要讓雷姆不安。」

「喂喂，這個超稀有的雷姆要求太籠統了吧。不過，放妳一百二十個心，雷姆。因為一切我都會好好處理的。」

跟不上話題而不安的雷姆，得到昴灌注最大限度的和藹笑容。

在知道應做之事後，現在的昴沒有任何不安要素。

──只要殺了必須殺的對象就行，多麼輕鬆啊。

但為什麼，雷姆會露出如此不安的表情呢？

就在眼露困惑的雷姆想要開口說什麼的時候。

「看來，客人似乎要回去了。」

如威爾海姆所言，穿過宅邸玄關的男性正走向這邊。

這人身材高，留著一頭色澤黯淡的金髮。身上穿著質地優良的禮服，佩帶著不至流於庸俗的裝飾品。年齡約三十左右。容姿散發出精明能幹的氛圍。

男性悠哉地沐浴在三人的視線中走到門前，撫摸整齊的山羊鬍。

「唉呀呀呀。有生面孔來迎接我呢。」

柔和的微笑和沉穩的語氣，以及自然溜入心裡的低沉美聲。男性親密地看過來，但不記得看過昴吧，所以眉頭自然地皺起。

「這真是失禮了。敝人是拉賽爾・費羅。以後我們就認識了。——菜月・昴殿下。」

「……你太客氣了。能順便請教一下為何會知道我的名字嗎？我以沒個性為賣點，要是名聲太響亮會害羞到不敢在外頭走的。」

「我有一點門路。在王選會場裡，自稱是候補者愛蜜莉雅大人的騎士的人可是很出名的。只不過，我還知道該名人物目前正在庫珥修大人的宅邸裡頭療養。」

面對警戒的昴，拉賽爾毫不矯情地回應。

但是，那樣的回答反而讓昴更加警戒。意圖讓人提防的話術，給人的印象是沒法喜歡這個人。

「拉賽爾殿下，您和庫珥修大人的對談進行得順利嗎？」

在劍拔弩張、一觸即發的氣氛中，威爾海姆從旁打岔。

拉賽爾聳肩搖頭。

「不，很遺憾。庫珥修大人很嚴格。那位大人對我等的視線銳利，意見尖銳。以前就這樣了，不可能輕易過關吧。」

「這樣啊。真遺憾。若是您不讓步，其他人也很難同意。」

「擁有公爵家的地位和威爾海姆殿下，這樣的條件叫人覺得其他的候補人選很可憐。……您現在的稱呼是威爾海姆・托利亞斯吧。」

拉塞爾的一席話讓威爾海姆收下顎，低垂皺紋深刻的臉。

「如今的我冠上妻子的家族姓氏，實屬過於狂妄。」

「您也是還是這麼嚴格。就沒法活得那樣的我來說是耀眼無比。不過還是要請您讓我聲援了。」

結束局外人聽不懂的對話後，拉賽爾走近門前的龍車。然後在上車前他又轉過身來，說：

「要是庫珥修大人這次的目標達成的話，對我等來說是可喜可賀。對威爾海姆殿下來說就成了悲願吧。就先期待著囉。」

留下這番話後，拉塞爾坐進龍車。沉默的駕駛行禮後就駕駛車輛離去，與操縱者一樣不親切的地龍跑起來安靜得叫人吃驚。

「威爾海姆先生，剛剛那人是？」

目送遠去的龍車，昴向威爾海姆詢問方才的人的身份。

「拉賽爾・費羅。掌握王都商業工會的財務長。頭銜雖然不過是一家商店的老闆，不過卻精明能幹到能夠牽動王都財富在表面和私底下的動向。除了名字，昴殿下最好認為您其餘的情報也被掌握住比較好喔。」

「嗚噁──。又不是女生，被那樣的大叔了解我可雀躍不起來。」

「呼嗯，這我有同感。那麼──」

輕鬆回應覺得掃興的昴後，威爾海姆重新面向他們。

「今天的來訪者，方才的拉賽爾殿下應該是最後一位了。我想差不多該進屋子裡頭……不過昴殿下似乎有話想說？」

威爾海姆刻意備好開場白，讓昴尷尬地抓抓頭。

不過，想到能早點起頭，也沒什麼不好的。

「不好意思，今天的最後來訪者是我。我有話想和庫珥修小姐說。──議題是：能否助我方一臂之力。」

3

「今天最後的來訪者是你，真有意思啊。」

毫不介意行程被打亂的庫珥修，心情似乎很好，說完還笑了。

背靠會客室的椅子而坐，男裝庫珥修優雅地交疊雙腿。她撫摸著深綠色長髮，琥珀色的瞳孔瞇起像在窺探昴的內心。

其眼光之銳利，若是以前的自己肯定會狼狽不堪吧。昴心想。但現在和雷姆兩人並肩而立、正面與她對峙的昴卻不覺不安。

站在庫珥修背後，搖動貓耳朵的菲莉絲不滿地瞪著昴。

「很幸運的，離晚餐還有點時間。在那之前都不成問題，就陪陪你吧。」

「事前什麼也沒說，突然就佔用別人的時間喵。昴啾應該要五體投地到陷進地面，才能感謝庫珥修大人的寬大胸懷。」

「別擔心。我不會要求你感謝或是陷進地面的。」

「討厭，庫珥修大人的大丈夫氣概令人神往，叫人家打心底著迷……」

菲莉絲惡言相向，庫珥修出言告誡，主僕倆上演平常的滑稽戲碼。

「瞎扯閒聊只是浪費時間，庫珥修小姐似乎也不喜歡那樣。」

帶進話題需要慎重，但繞個彎子說話的話庫珥修會不高興吧。

「既然是你要求面談，那就由你來起頭吧。——你想要什麼？」

真的是話說得很直接的人。

舔濕乾掉的嘴唇，昂深呼吸後說：

「魔女教的不肖之輩企圖襲擊羅茲瓦爾領地。為了擊潰他們，我想借用庫珥修小姐的力量。」

昂單刀直入地坦承為達目的所需的條件。

為了對抗魔女教的戰力——既然不能期待羅茲瓦爾，那就只能從別處拉來。而昂知道庫珥修符合這項條件。

「原來如此。魔女教啊。」

室內的每個人都對昂說的話做出反應，而當事人庫珥修是點頭以對。嫣然一笑中富含魅力，昂為她新的面貌感到微微驚訝。

這樣的反應和昂的設想不同。不過，至少揭開了序幕。

撫慰快速跳動的心臟，昂等待庫珥修的下一個反應。

「怎麼了？我應該說過，場子由你主持喔。」

面對嚴正以待的昂，庫珥修微笑著歪頭。這樣的反應在預料外，昂顯得有些狼狽。

「沒有啦，我的話……剛剛說完了。」

「你不會是覺得丟出要求就結束了吧？你做出這要求的理由是？請求後要怎樣？回應你的要

求，我能得到什麼好處？不說明這些就稱不上談判。」

凝視出不了聲的昴，庫珥修閉上一隻眼，像是感到無聊。

光這個動作，就讓昴認知到自己的大意。

「說的對。對不起，是我失禮了。因為，就是呢，我也沒有這種正式談判的經驗，所以有點手足無措。」

「理解自己的不成熟也是必要的。用不著在意。但是，面談只到晚餐為止。——這點，你可別忘了。」

展現自身寬大的同時又提醒還有時間限制，這糖果和鞭子使用得恰到好處。

「首先，想要借用戰力的理由，就是……單純戰力不足。對上魔女教徒的數量，我方的人數完全不夠。結果就是無法對抗其來襲。」

「確實很單純。但是，只要有梅札斯卿不就足以彌補了嗎？他單人殲滅集團的能力在露格尼卡是首屈一指。魔女教的人數他根本不會放在眼裡。」

「若對方是聚在一起就沒話說，可是卻不是如此。羅茲瓦爾只有一個，兩個地方同時遇襲的話就分不開身了。」

至少，魔女教會攻擊村莊和宅邸這兩處是肯定的。

也記得聽到過好幾次『趕人』的字眼。他們很有可能攻擊所有通過的龍車和商人。

「原來如此。倒不是不能理解。可是，那樣就是梅札斯卿這位領主失職了吧？為了守護領地，維持武力是領主的義務。假如過於相信自己的力量而疏忽了這點，就不得不調降邊境伯的評價。」

「這方面只能如妳所言。總而言之，基於上述的理由，我方沒法對抗魔女教的攻擊。戰力上需要人數彌補就是這個原因。」

不但戰力不足，還潛藏有羅茲瓦爾不在的可能性。昴繼續協商。

瞥了一眼威爾海姆。如果要求如願，威爾海姆是說什麼也想借用的戰力之一。

察覺到昴的視線，庫珥修吐氣似在深思。

「不過，魔女教啊。果然出動了呢。」

「是啊。唉呀，身為半妖精的愛蜜莉雅大人身份浮上檯面的時候，就可以預料到會有這種事了。」

庫珥修低喃，菲莉絲同意，互相點頭的主僕令昴皺眉。

但比起質問這件事，昴的意識先被拉向隔壁。坐在旁邊默不作聲抿著嘴唇的雷姆散發出劇烈的感情餘波。

意圖排除感情的側臉，反而證明了她內心的憤怒。

雷姆厭惡至極的魔女教，對現在的昴而言是最大的敵人。昴的眼光一定也跟她一樣危險吧。

「事情我了解了。接下來是選擇我們為協助者的理由……及根據。」

「選擇庫珥修小姐作為協助者，坦白說是就現狀而言成功的可能性最高。一方面這麼關照我和雷姆，關係上又比其他候補者更容易聯手。」

這方面的問話，有部分答案是早準備好的。

不過要說真心話的話，有比庫珥修更好商量的對象。但以現狀的接觸難易度以及昴自身的心情為優先的話，其結果就是現在的場面。

「我很好說話啊。」

「嗯，是的。所以說，才找庫珥修小姐……」

「菜月・昴，容我訂正一件事。」

接受昴的回答，庫珥修豎起手指同時露出意有所指的笑容。

「把你們當客人對待似乎招致了誤會。這點我道歉。」

「……誤會？什麼意思？」

「我沒有把你們當敵人對待。但是，愛蜜莉雅對我來說已經是政敵。懂嗎？我跟愛蜜莉雅已經是敵對狀態。」

「可是，妳不是像這樣迎接我們進屋子……」

「那是因為訂了契約，裡頭包含對你們的待遇，所以才會招待你們進屋子。但在外頭，互相競爭的立場沒有改變。」

在第一輪的世界裡，庫珥修對撕毀契約的昴做出清晰的敵對宣言。那可以說是誠實，也可以說是毫不通融。

「也就是說，不可能聯手合作，是這樣嗎？」

「這跟那無關。我應該說過，菜月・昴。既然要交涉，就要揭示雙方都能接受和同意的好處。但從剛剛到現在我只確認到理由和前提條件，卻沒有聽到根據以及我方出借戰力能得到的利益。不過——」

說到這庫珥修中斷話語，手靠在扶手上撐著臉頰。

「根據的話，可說是沒必要說明。在愛蜜莉雅的身份被百姓得知時，就能預想到魔女教會出動。不管是可靠的情報來源，還是假想的產物，全都是接近確證。」

魔女教出動，這個交涉前提條件庫珥修毫不懷疑。

那應該是這個世界特有的常識，對昴來說很有利。

「如此一來，談判的焦點就在於雙方的利益。你們的情況，借用我們的力量可以排除掉魔女教的威脅。那我們呢？還請讓我聽聽。」

「就、就單純助人……」

「若只因為這樣就能動員他人，可說是某種理想呢。」

視昴的答案為痴人妄想，庫珥修趁勢用銳利的視線瞄準致命傷。在被獵殺之前，昴拼命地運轉腦袋。

「啊——還有呢。例如這次幫忙我們脫離險境，就能讓我們欠下很大一筆人情……」

「——接受這個提案的話，就意味著愛蜜莉雅脫離王選，你是理解到這點才做出這發言嗎？」

「咦？」

插過來的尖銳針砭，讓昴目瞪口呆。

「當然的吧？把自己領地的危機整個丟給別的領主處理，其問題大到超越有沒有成王的器量。無法用法理和武力守護領民，那又要怎麼肩負一個國家呢？菜月・昴，我還要訂正一個謬誤。」

立起手指，庫珥修指向啞口無言的昴，像是刺他一刀。

「你是背負著愛蜜莉雅的命運在進行交涉。你的發言全都牽涉到她，你的發言就是愛蜜莉雅的發言。下判斷不應輕率，說出口的話不容翻轉。」

「……啊……嗚。」

「了解的話，我再問一次。——要是因這次事件欠下人情，就意味著愛蜜莉雅陣營敗退。這樣真的好嗎？」

事到如今，昴才開始理解到自己置身之處的真正意義。

昴並非在不需負任何責任的輕鬆討論會，而是在一句發言就牽連到許多人的立場、左右王國趨勢的大舞台上。

「可是，就算那樣……」

遲來的自覺在雙肩掛上名為責任的重擔。但是，昴咬緊牙根。

就如庫珥修說的，要是以現在的條件借用她的力量，就會造成無法挽回的失態——愛蜜莉雅的王選將在此告終。

可是，要是不借助庫珥修的力量，那等著的就是魔女教狂熱信徒的蹂躪和慘劇。

天平搖擺不定，痛楚和不協調不斷地造訪昴的大腦。

用力搔抓頭髮的昴煩惱、痛苦，最後做出答案。

「——就算是那樣，我也希望妳幫我們。」

「……那意味著脫離王選喔。」

「留得青山在才有意義吧。要是死了，就全都沒了。」

垂下肩膀，對自己的軟弱無力感到灰心和失望的昴回應。

要是死了，就結束了。

村子的慘狀，身旁的雷姆慘死的樣貌。自己沒有勇氣再看一次。

低下頭，忍受屈辱，只要這樣就能保住一命的話那就該這麼做。

「明白了。——既然如此，卡爾斯騰家不會出借任何戰力給你。」

4

——有一瞬間不知道她在說什麼，昴整個人凍結在原地。

「——啊？」

儘管聲音透露疑問，但那只是離理解太過遙遠、不帶有意義的單純雜音。不過庫珥修接受，交疊修長的雙腿。

「重複一次。你的要求，幫助梅札斯領地——進一步來說，出借戰力給愛蜜莉雅的提案被我否決。」

庫珥修再度做出簡單易懂的發言，好讓昴理解。

有條不紊的內容，反而讓人感覺被瞧不起，這使得昴激動起來。

「開什麼……！為什麼會變這樣……!?」

「第一，你所揭示的好處，苦惱到最後接受愛蜜莉雅脫離王選的條件……在這場交涉中並不構成好牌。懂嗎？」

「為、為什麼？勁敵減少了對你們來說應該是很大的回報……」

「我都說了你還沒察覺嗎？不管我有沒有出手，愛蜜莉雅都會退出王選。」

「妳在說……」

妳在說什麼呀，本來想這麼說的昴終於察覺。

「如你所言，沒有人幫忙愛蜜莉雅就沒法守護梅札斯領地。要是放著不管，愛蜜莉雅就會脫離王選，與我的干涉無關。」

「────」

「不如說，我隨便出手，導致被其他候補人選視為我與愛蜜莉雅的退選有關才是問題。如你所知，以現狀來說在王選裡頭立場最有利的就是我。此時若做出踢出其他候補者的舉動，不可避免會被其他陣營一齊視為眼中釘。」

靜靜地作壁上觀，庫珥修就能毫髮無傷地得到昴所揭示的好處。

所以沒有必要特地冒著風險去做出火中取栗的行為。

但是，那樣的話──

「妳要眼睜睜地看魔女教攻擊羅茲瓦爾的領地……讓他們屠殺那個村莊嗎!?」

昴大叫。但是庫珥修用冰冷的視線貫穿他。

「容我訂正一個錯誤。還有，不要改變話題，菜月・昴。」

「呃……！」

「沒有力量守護領地的是愛蜜莉雅，因無能而失去百姓的也是愛蜜莉雅。不是拒絕你的我。」

沒有力量，無能──殘酷的字眼造成昴有種被痛毆的錯覺。

得反駁庫珥修的主張才行。然而浮現腦海的就只有幼稚的情感論，而不是對抗她的正論的力量。

「看樣子，你想說的已經沒了。」

庫珥修看向會客室的門上方、閃耀著鮮黃的魔刻結晶，確認時間後說：
「馬上就要地之刻了。晚餐時間到了。就如一開始說的。」
庫珥修準備起身離去的態度，讓昴在焦躁感的催逼下衝動出口。
「慢、慢著！」
伸出手制止要為話題劃下休止符的庫珥修，昴死命地鞭笞腦袋試圖繼續交涉。
「妳、妳真的要捨棄他們？村子裡的人沒有任何罪過，也沒有被殺死的理由啊！」
可是，昴道出口的終究只是動之以情的柔弱攻勢。
聽到這幼稚拙劣的感情論，庫珥修的眼眸浮現微微失望。
「我應該說過。力量不足的不是我……」
「明明知道卻還丟著不管！這不就是罪惡嗎⁉既然有力量，能救的人為什麼不救⁉救人有什麼錯！因為是別人的領地就事不關己嗎⁉」
「人家只是默默聽著你就……」
「菲莉絲，沒關係。」
「可是，庫珥修大人！他剛剛說的太超過了。」
「若不回應他露骨的氣概，有違我的宗旨。」
雖然菲莉絲不服氣地碎碎念，但還是遵從庫珥修的命令安靜地退下。
用眼角餘光確認的庫珥修重新坐回椅子上。

「置之不理，眼睜睜看著屠殺發生是罪惡，是嗎？」

深深吐氣的庫珥修玩味昴的發言。

「沒錯！妳想當國王吧!?要背負整個國家吧？既然如此，捨棄一個村莊算什麼國王！」

「我要糾正你一個想法。」

彷彿要責難思慮淺薄的昴，立起手指的庫珥修以視線射穿他。

「駁斥你的提案時，我應該說了第一個理由。而另一個理由應該就能洗刷你的疑問了。」

庫珥修不採納昴的提案的理由。捨棄愛蜜莉雅的理由。那是……

「那就是——你的話裡沒有讓我動用人手的可信度。」

足以翻轉方才的交涉與其前提的發言穿透昴。

「什…麼？」

「魔女教啊。原來如此，他們有可能出動。從他們的教義和以前的行動來看，只要想想推測就能成立。但是，問題在後頭。」

「後頭……？」

「很簡單。為什麼你可以鎖定他們接下來要攻擊的場所和日期呢？」

豎起的手指直刺向昴，庫珥修用宛如刀刃的聲音和視線問。

「他們的來歷不明徹底到叫人無法理解。至今他們造成莫大傷害，可是卻沒能被剷除還存續幾百年就是最好的證據。而你，為什麼會知道他們下一次的暴行？」

「這是……是說妳剛剛怎麼不提？」
「只是感覺沒有說出來的必要。但是，如果這樣你還是不能接受，那就說出能讓我們心服口服的根據。但要是辦不到的話就有個可能性。」
庫珥修代替沉默以對的昴，緩緩道來。
「若你也是魔女教的人的話，會知道就很正常吧？」
「別開玩——！」
這次，沒法壓抑的激情化為吶喊衝出喉嚨。
但卻在喊完之前就停止。不過跟昴的自制無關。
「——」
原因出在始終沉默看著昴和庫珥修的互動的少女。
雷姆默默地散發出濃密至極的逼人鬼氣。
「庫珥修大人，開玩笑請適可而止。」
雷姆的聲音與平常無異，恭敬地朝庫珥修鞠躬。
「說昴是魔女教徒，那是不可能的。」
「是嗎？可是回顧菜月．昴的發言，假如他不能說出知情的理由就別無第二種可能。妳難道不曾這麼想嗎？」
「——沒有。」

但那剎那的猶豫，還是被庫珥修察覺到了吧。

能從昴身上感受到魔女氣味的人只有雷姆，感覺庫珥修剛剛無心地從她身上套出話來，令昴咂嘴。

「不管是不是，那樣的理由欠缺可信度，因此我不能出借人手給愛蜜莉雅。——說起來，你也沒有被賦予談判的權限吧？」

「嗚……」

「方才有脅迫你把愛蜜莉雅的去留重擔放在肩膀上，但現實情況就如我剛問的。其實此時此地的你，根本就沒有背負任何東西。」

——任意奔跑，隨便就想守護，然後自顧自地栽跟頭。

庫珥修的話語冷靜透徹，挖掘昴赤裸裸的私心並剖開。

「……現在的你沒有能力策動我，只能乖乖地在這裡接受保護。」

「唔——!!」

那是被重複無數遍的話。

迫使昴認知到自身的無力、無知以及沒有價值，還有嘲笑自己有勇無謀、膚淺又胡來的不像樣。多麼腐敗噁心的同情心。

一切都不按照想法走，羞愧的想法支配了昴。

到底是搞錯了什麼？自己只是想要做正確的事情而已。覺得是對的，相信會得到幫助，所以請託他人和祈求，如此而已。

「魔女教真的會來！那些傢伙會殺光村裡的人……！」

灌注幾乎要撕裂喉嚨的憤怒與悲傷，昴如此訴求。

那是親眼所見的光景，曾經觸及過的死亡。

熟悉的人們，重要的存在，世界的一切，全都結凍變成白色結晶。

那是會確實發生的事。放著不管就一定會發生的殘酷現實。

為什麼他們都不了解呢？

為什麼不肯幫忙阻止悲劇呢？

沒人願意幫昴阻止凶猛襲來的悲慘命運，沒有人。

「殺了他……殺光他們就行！一個都不剩，把魔女教的人全部殺光就好了！這樣一來一切就能圓滿落幕！懂嗎⁉那些傢伙根本不配活著！我要殺了他們！借我力量吧！」

昴當場下跪，趴在地上懇求。

如果額頭摩擦地面哀求請願就能獲得同情，那自己願意化為丑角。

如果被嘲笑輕視就能借得力量，那不管要磕頭幾次都沒關係。

不管是要學狗還是任人宰割都可以，只要能夠實現這股殺意——

「——你的行動來源是這個嗎。」

但是，昴毫不遲疑暴露醜態的懇求只換得這句。

「憎恨魔女教。那就是你親近愛蜜莉雅的真正理由嗎。」

——沒能讓不會將私情摻入判斷的權勢者產生一絲憐憫。

5

被冰冷的聲音和視線撕裂，昴無聲地顫抖肩膀。

是出自於憤怒還是悲傷？被兩者交織的感情洪流吞噬的昴已經分不清了。

「不是……我是為了大家……」

庫珥修的斷言太不中肯了。

什麼因為憎恨魔女教才有的行動，這一語道破的話根本是錯洞百出。

昴的想法開頭，不論何時都是為了某個人才對。

然而自己為何沒法再接下去呢。

「連自己都騙不過的謊言沒法欺瞞他人。現在，你眼中的光芒除了瘋狂與殺意外還能叫什麼。你有注意到嗎，菜月・昴。」

庫珥修的眼裡除了嚴厲，還有憐憫。

「從你回來這屋子後就一直是那種眼神。」

乾巴巴的指正，令昴產生戲劇性反應。

他不自覺地觸碰眼角，確認看不見的東西。

在做出這舉動的同時，也就證明了他無法否定庫珥修的話。

「是不知道你執著魔女教的理由。被魔女教扭曲人生的人很多，你可能也是其中一人。或許你的憤怒和憎恨是正當的，但是，那與這次的談判毫不相干。」

「就算——就算我恨魔女教，那又怎樣。對，那些傢伙是這世界的害蟲。應該要一個不剩地全部殺光。我是這麼想的。可是，那不能作為中止談判的理由，捨棄無辜之人的理由吧……！」

「不要又偏離話題，菜月‧昴。懷疑你的行動根源，確實與談判無關。不過，這點卻大大關係到你是否適任談判人員。因為會讓人懷疑談判內容的正當性。」

「適不適任……什麼意思？」

咬牙切齒到冒血的地步，昴緊咬不放持續發問。

對話結束就意味著談判結束。這份恐怖催逼著他。

「假設你的行動源自於憎恨魔女教，就會讓人認為你一開始接近愛蜜莉雅不過是為了將她作為報復的踏腳石。」

「我接近她是為了把她當踏腳石……？」

「參與王選的愛蜜莉雅身份公開的話，以教義為行動依據的魔女教自然會有所行動。想要逮著無法以常理判斷其活動的他們，這個方案的機率最高。」

「妳是說！我以愛蜜莉雅為誘餌好來報復他們嗎!?」

拳頭敲擊眼前的桌子，為這不可理喻的找碴扯開喉嚨。

「依你現在的行為，就算高喊不對也毫無說服力。你的眼中透露憎恨，每一字每一句都帶著殺意。不管哪個都已根深蒂固，別說剝除或淡化，連忘記都不可能。」

——不對！不對、不對、不對、不對！

庫珥修的發言根本沒掌握到昴的本質。

「我的憎恨和他們的邪惡無關！他們！就是不該活著！所以要殺光他們！這樣大家就會得救！就能幫上大家！這樣就沒人會死，因為他們才是該死的!!」

「我應該說過，菜月・昴。連自己都騙不了的謊言無法欺瞞他人。」

反駁眼睛充血、呼吸急促的昴的聲音十分冰冷。

維持坐姿的庫珥修瞇起眼睛，仰視喘氣的昴，說：

「因為嫌惡、殺意、憎恨魔女教而責備我不行動的發言，毫無說服力。」

「為⋯為什麼⋯⋯」

「你不知道嗎？」

昴嘶啞的聲音，讓庫珥修的雙眸有著十分明顯的憐憫。

但是，不明白庫珥修言下之意的昴只是皺眉，看到這樣的反應她難掩失望和灰心，低垂眼簾。

然後說：

「——你一次都沒說想要救愛蜜莉雅。」

「……啊？」

「你口口聲聲用想要救人、想要保護別人的口號來粉飾表面，內部卻是暗沉的情感在沸騰。至少，跟我在王選會場看見的你搭不起來。」

無法吞嚥她話裡的含義，昴虛無的視線泅游不定。

——昴沒想過要救愛蜜莉雅？

「——」

怎麼可能！昴不論何時、打從掉進這個世界第一次被她救的時候開始，就一直是為了愛蜜莉雅才活到現在。

不管是在王選會場，還是練兵場那件事，以及現在都是如此。若是放著眼前的狀況不管，就會失去她和村子。為了救他們才要採取行動。

自己絕對、絕對沒有被憎恨奪去心智——

「不得再往前一步。」

那聲音唐突地打破沉默投向昴。

意識被搖回現實的瞬間，昴的面前是站得筆挺的威爾海姆。老人隔著桌子站在庫珥修身旁，皺紋深沉的臉上浮現憐憫。

那充滿憐憫、俯瞰的視線，現在看起來莫名惹人惱火。

「——昴。」

袖子突然被拉扯。雷姆眼泛悲傷，捏著昴的袖子。

「請冷靜。在這裡大鬧解決不了問題。就算動手，雷姆也絕對敵不過威爾海姆大人。」

「……大鬧？妳在說什麼？我哪有要動手還怎樣……」

「慢著慢著。既然如此，那你茶匙握得那麼緊是要幹嘛喵？家教不好就算了，可是那握法有問題喔喵？」

被菲莉絲指責，昴這才發現自己的右手握著湯匙。而且還是倒握在手，簡直就像是要拿來刺什麼的粗魯握法。

——自己是什麼時候這麼做的？

「就是被人說中了才會想動手啦喵。只是就算你在這亂來，人家牽制雷姆醬的期間你就被威廉爺給劈成兩半了。」

「而且我並不想這麼命令。一同度過數日的交情，卻還發生政治上的問題。而且這裡的地毯是父親贈與的禮物，我不想弄髒。」

外人在面前表現無禮之舉，但庫珥修看著昴的態度卻依舊遊刃有餘。

彷彿在彰顯自己的器量，更像是嘲笑昴無力到只能把怒氣寄託在這麼小的金屬上。

這些全都惹人火大。

所以說，脫口而出的不是謝罪而是固執己見。

「……反正不管怎樣，妳都不幫忙就是了？」

「嗯。你的發言可信度低，就算幫忙我能得到的好處魅力也過低。——因此，我決定靜觀其變。」

「魔女教會來。屆時，屠殺那個村莊的人就是妳。是明明知道卻什麼都不做的妳的『怠惰』毀了那個村子。」

說出應當唾棄的狂人的代名詞，昴瞪著庫珥修。

「真傲慢的說法。不然，我這邊再給你一個理由。」

承受昴混濁的視線，站起來的庫珥修直視昴的眼睛。

「我大致能看穿我面前的人有沒有在說謊。我以從前到現在的交涉談判中沒被他人欺騙的經驗為傲。」

庫珥修突然娓娓道來。

昴的表情轉為詫異，她則是繼續盯著他的瞳孔深處，說：

「就我的經驗來說，你並沒有『說謊』。」

「對、對啊……！」

「你不認為自己在說謊，頑固地深信妄言為真實。——那已經是瘋狂的行徑，可說是狂人才有喔，菜月・昴。」

到這一刻，昴才明白這場談判徹底決裂。

「唔——」

持續緊咬的嘴唇嘴角被咬破，血液沿著昴的下巴流下。

那可憐悲慘的樣子令庫珥修瞇起眼睛。

「菲莉絲，幫他治療。」

「不用！」

菲莉絲還沒動昴就先拒絕，還猛力站起到像是踹了椅子一腳。

「接下來就是晚餐時間，你不出席嗎？」

「跟狂人坐同一張桌子很可怕吧？是不知道妳是多風雅還是多標新立異，不過邀請狂人共進晚餐有點過頭了。」

面對挖苦就用諷刺回應，昴的手伸向會客室大門。追在昴身後的雷姆端正儀容，禮貌地向庫珥修他們行禮。

「時間雖短，但給各位添麻煩了。雷姆代替主人致謝。」

「那是妳……不，是梅札斯卿的回答嗎？」

「是的。因為主人吩咐要全盤尊重昴的意志。」

意義不明的對話，不過從昴的角度看不見庫珥修的臉。

但是，庫珥修對告別的雷姆說的話，聲音裡頭帶著少許遺憾。

有別於對昴的絕情，因此也刺激到昴的焦躁。

「雷姆，走了。」

對快步跟過來的雷姆這麼說，昴打開門。

「有其他落腳處嗎？」

「妳就努力當個好國王吧。捨棄弱者的獨裁之王。」

朝著背後吐出最後的話當作回答後，昴粗魯地關上門。

——就這樣，談判在慘澹的模樣下落幕。

6

談判決裂、衝到貴族街上是在傍晚以後。

太陽早已下沉西方，夜晚的氣息緩緩地逼近世界。結晶燈照明照耀馬路，昴背靠鐵柵欄罵著髒話。

「混帳。每個傢伙都這樣……」

掠過腦海的是與庫珥修的對話，以及被駁倒的屈辱。

「不通人情的傢伙……為什麼不了解我是對的呢……！」

席捲胸膛的感情近似憎恨，並針對妨礙自己的庫珥修他們。
那起慘劇無情到殘忍的地步，和狂人的狠心大笑。因為庫珥修沒親眼看到，沒親耳聽到，沒用肌膚切身感受到，所以才不知道。
她不知道，他們才是沒有存在價值的害蟲。
「隨便他們。先不管了。先忘了失敗跟薄情寡義之人。現在要優先處理眼前的事……！」
與其悔恨過往而停下腳步，哪怕只有一點進展也要選擇往前邁進。
對手牌很少的昴來說，連時間都是要珍惜的寶物。
「久等了，昴。」
穿過大門的雷姆，回到焦躁到抖腳的昴身旁。
她去打包留在庫珥修宅邸裡的行李並拿出來。破口大罵完就衝出門的昴，只能等待雷姆回收行李。
「……抱歉。行李給我吧。我也幫忙拿。」
「不用了，不會很重。而且昴才大病初癒。」
堅決辭退昴的幫忙，雷姆抱住行李。平常的話昴不會接受，但在思考的資源分割給其他事情的現在，就沒那麼堅持。
「話說回來，雷姆沒有反對離開這裡呢。」
「是的。因為這是昴的選擇。」

「唉，都那樣了，事到如今也沒法悠哉地繼續接受治療。在代價方面，是很對不起愛蜜莉雅。」

愛蜜莉雅是交出某樣東西才換來將昴治好的療程。每次都害愛蜜莉雅的溫情白費，使昴多少有些罪惡感。

但是沒關係。只要昴從絕境中救出她就能和解，屆時她一定會原諒自己。

也因此，貝特魯吉烏斯非死不可。

「昴，關於與庫珥修大人的談判……」

「可信度還利益什麼的，專門雞蛋裡挑骨頭來誤導人，根本就沒人性。一副自以為很偉大的樣子，誰要跟隨她啊。」

打斷想說什麼的雷姆，口出惡言的昴為這話題打上休止符。讀取到昴不想舊話重談的心情吧，雷姆端出別的話題。

「接下來要怎麼辦？如果昴說的是真的，那一刻都不能猶豫。」

「如果我說的是真的？」

「呃——既然一刻都不能猶豫，那要回羅茲瓦爾大人的宅邸嗎？」

聽到刺耳的話昴打岔，不過雷姆沒有理睬。

雷姆之後問的，昴搖頭以對。

「不。現在只有我們回去也幫不上忙。要就得帶著可以對抗的戰力回去。就算沒有也要有替代方案，否則不行。」

只有昴和雷姆回去的話，只會重複之前的迴圈。

如果更早出發，或許可以在不遇到魔女教的情況下安然回到宅邸。但是，光憑宅邸內的戰力要迎擊魔女教恐怕是太過嚴峻。

「數量和戰力都不夠。羅茲瓦爾在幹嘛啦……」

只要有他在，就有可能驅逐魔女教的戰力。

但偏偏關鍵的時候，那個宮廷魔導師卻不知道在哪幹什麼去了。

「昴，其實羅茲瓦爾大人……這幾天不在宅邸的可能性非常高。」

「——!?妳知道？羅茲瓦爾不在宅邸是早就決定好的嗎？」

「羅茲瓦爾大人在嘉飛爾……他預定去拜訪領地內的關係人士並逗留數日。」

「可惡，時間點太糟了！這就是沒法應付襲擊的原因嗎！」

雷姆的回答印證了擔憂，昴用力抓頭後咒罵。

沒法指望羅茲瓦爾這個最大戰力的話，就如先前估算，戰力壓倒性不足。這點就算昴和雷姆提早趕回也一樣。

「果然不帶援軍回去就成不了事。」

確信又回到最初的結論後，昴朝著凝視自己的雷姆點頭。

方針已經決定了，而且沒有猶豫的時間。要是想超越上次和上上次的輪迴結果，那至少明天就得從王都出發。

有鑑於現在已經入夜，時限只剩下一天半。

「總而言之，只能找其他人幫忙了。雷姆，你熟悉王都的地理嗎？」

「來過幾次，這幾天又跟昴一起繞過所以還算可以。……不過要找誰？」

「先找旅館，之後再說。就算晚了也得在明天之內離開王都，否則趕不上。……總而言之，之後的事全都到那時再想。」

必須盡可能做足萬全準備。昴一本正經地告知雷姆。

雷姆靜靜地接受這提案。斜視她的昴默默地仰望天空。

夜色從另一頭逐漸逼近王都的天空——那迫近的黑暗象徵著不吉利。

緩慢的移動令人毛骨悚然，簡直就像在暗示昴的路上烏雲罩頂——

第二章 『豬的慾望』

1

「──別看妾身這樣。妾身意外地愛看書。」

坐在奢華的椅子上，一隻手靠著扶手的少女這麼說。

另一隻手則是攤開裝訂講究的書本，眼神在已近後半部的內容上奔走。那樣的姿態與之前少女給人的印象不同。

穿著像睡袍的紅色薄睡衣，披著同色的披肩，毫不吝惜展露身體的豐滿曲線。但即使沐浴在男性視線中少女也沒意識到這點。

少女埋首在書本的世界中，自然到不像有在迎接訪客。

「──」

昴感覺那莊嚴的舉止令自己忍不住看呆。

纖柔白指順著文字，瞳孔追隨文字的模樣讓人產生想要永遠凝視這身影的念頭。會有這樣的感慨，或許是被少女的另外一面給吸引。

「──」

踩著運動鞋踏在鋪設地毯的地板上，被忽視的昴進退維谷。

雖然如願進來，但關鍵的屋主卻對昴不感興趣。要是想強行開啟話題，只會收到開頭那句話。

該不會，是要自己等到她看完書吧。

「再怎麼樣也太……」

想否定那不安，但一看著優美翻頁的人兒就難以否定。

事實上昴很清楚，少女的個性就是那樣不講理。

宛如映照太陽的橘色頭髮，彷彿燒盡目光所及一切的火紅雙眸。白裡透紅的肌膚和富含女人味的豐盈肢體。濃密的美色也像是劇毒，安靜凝視書本的美妙姿態用畫筆墨也難以道盡。

這樣的人品若為萬人愛戴，只能說天神有多偏袒她。

——少女名叫普莉希拉・巴利耶爾。

王選候補的其中一人，也是昴所找的第二位幫手。

2

離開庫珥修宅邸，雷姆去找旅館的時候，昴就去找能夠解救自己脫離困境的人物——萊因哈魯特。但確認他不在王都後，只能心灰意冷。

阿斯特雷亞家在王都的別墅，由住在裡頭的一對老夫妻負責管理。

兩人歡迎沒有事先通知就來訪的昴，但在聽完昴求見一面的要求後說：

「少主兩天前帶著主人菲魯特大人和她的家人回本家去了。不過我們可以幫忙聯絡……」

萊因哈魯特不在的原因，就跟他來庫珥修宅邸找昴的時候說的話一樣。

明知如此卻還是抱著一絲希望，但昴的願望終究沒有傳出去。

就算聯絡上了，王都到阿斯特雷亞本家的距離，以及從那到梅札斯領地的距離都是致命傷。萊因哈魯特參戰根本是不可能的事。

「不管是羅茲瓦爾還是萊因哈魯特，關鍵的時候都幫不上忙……！」

告別老夫妻後，等到看不見屋子了昴才抱頭。

這次所有的人事物，其時間點都很不湊巧。

可以幫忙的候補人選接二連三被刪除，使昴真的失去了從容。

要是『死亡回歸』的起點是與萊因哈魯特道別的晚上或之前就好了——

「沒有的事去想也沒用……快點想，快想啊快想啊快想啊我。力量、人數、時間和一切全都不夠。我只能絞盡腦汁想了啊。」

鞭策腦袋全力運作，昴拼命思考想要擠出第二好的方案。

庫珥修和萊因哈魯特被撇除名單外的話，那昴幾乎就沒有手牌好選。

想到與庫珥修談判的始末，感覺就算找騎士團申訴結果也一樣吧。而且就現狀來說，昴對王國騎士團只懷有不信任。

——被以為關係還算良好的庫珥修摒棄，讓昴的內心對其他人疑神疑鬼。

縮小自己的選項卻沒注意到的昴，想到的知己還有兩人。但是一個是憎恨度超越騎士團的『最優秀騎士』。沒法想像自己去低頭請求他。

所以說，昴的候補名單上只剩下一個人。

「昴，接下來要怎麼做？雷姆……」

「放心，交給我吧。雷姆什麼都不用做。不用去想太多。跟在我後面就好。這樣就行。」

兩人會合後，深思的昴似乎讓雷姆看不下去而出聲。

打斷她，投以弱不禁風笑容的昴繼續思考。

——一定要避免讓雷姆成為眾矢之的。

為了保護昴，雷姆會奮不顧身，毫不猶豫地捨命救他。正因為知道這點，所以說什麼也要守住她的性命。

那是拯救雷姆的心靈，讓她心懷依賴的昴的義務。

會失去她的結果，說什麼都要避免。

因此昴只能自己來。不這樣的話就無法保護雷姆，到時就算拯救了愛蜜莉雅和村民也沒有意義，更沒法一雪對貝特魯吉烏斯的恨意——

「那是怎樣……」

察覺到一瞬間的極度危險思考，昴摸摸太陽穴。

剛剛的想法簡直就像是比起解救愛蜜莉雅他們，更要以抹殺貝特魯吉烏斯為優先。那樣不就跟庫珥修指責的一樣了嗎？

「沒事，沒事。我，有好好地，在做正確的事。我正要去做，我會去做。」

彷彿說給自己聽，宛如深入淺出地講解，明明看見卻裝作沒看見，就像給深淵加上蓋子，昴肯定自己。

因為要是不肯定，菜月・昴就沒法保持正常。

3

翌晨，在旅館度過一晚的兩人，抱著一絲希望回到貴族街。

王都上層的貴族街，璀璨奪目的建築物並立。昴他們造訪的豪宅，也以不負奢華之名的外觀迎接兩人。

不，應該說是超越金碧輝煌的外觀才對。

「這屋子主張存在的方法真好懂，根本沒必要問路……」

傻眼的昴，眼前是即使遠觀，那屋子的豪華絢爛都強烈到會烙印在眼底的地步。

處處反射朝陽的豪宅屋頂被塗成金色，建築物的牆壁有大量細膩雕刻。眼睛所見的所有窗戶全都有浮雕裝飾，點綴庭園的是堪稱前衛藝術的形形色色石像。

暴發戶的品味在這發揮到極致——反映豪宅屋主的興趣到這種地步，強行主張自我的光景令昴發出乾笑。

昴呆立在大門前，身旁的雷姆也難得露出目瞪口呆的表情。若目的是要讓訪客震驚，那可以說是完美達成目的。

「這絕對不是前屋主的興趣吧？有夠可憐。」

「唉呀呀呀，其實這是公主的興趣。而且還是一氣呵成的工程喲？連我都同情那些徹夜趕工的工匠，不過被金幣袋敲臉頰他們就沒有怨言了。」

「不，那跟用成捆鈔票打人不一樣，差很多吧。用金幣袋打怎麼想也太暴力了。」

聽到昴的吐嘈，站在門後的人哈哈大笑。

粗指伸進黑色頭盔的縫隙間抓脖子的男人。

整個頭被黑色鐵頭盔罩住，脖子以下做山賊風格的隨性打扮。那奇裝異服很搶眼，但最叫人印象深刻的是整個空蕩蕩的左臂吧。

藏臉單臂又輕薄的男子——阿爾，擔任目標人物的隨從。

自稱傭兵的他，跟昴一樣都是從地球被召喚到這裡的同胞，因此莫名親近昴，也對大清早就來訪的兩人表現友好態度。

「那，一大早就上門來是有什麼事？如你所見，我有低血壓所以早上暴弱喔？要是邀我去打個獵的話有點難辨。」

「不要講得像是去家庭餐廳一樣啦。今天有事要找你的公主。」

「找公主～？」

黑色頭盔裡頭的阿爾露出什麼樣的目光，因為看不見臉所以不得而知。品嚐被評鑑的不快，同時度過沉默的時間半晌。接著。

「啊—可以補充女僕成分，不錯。就幫你傳話吧。」

「你比我想的還要無聊耶。是說這間豪宅好歹有女僕吧。」

「喂喂，你根本不了解公主。認為自己最棒最可愛的公主哪可能帶女僕這玩意出來。豪宅裡頭就只有正太管家啦。」

「光聽就覺得糟糕至極……評價急速下降了。總而言之快去傳話啦。」

好—啦。用無精打采的悶聲回應後，阿爾就散漫地回到豪宅內。

身旁的雷姆在往後退一步的距離處保持沉默，臉部緊繃面無表情。只從捏著昴的衣擺的手指處滲出藏不住的不安。

想要拭去雷姆的不安，但同樣不安的昴辦不到。

「好慢……。沒有預約又還是清晨。那個女人八成會說膽敢妨礙妾身寶貴的睡眠時間——」

「喂——公主說可以喲——」

儘管不安要素很多，但都被從豪宅玄關探出頭的阿爾用悠哉的聲音掩蓋。

預料之外的回答來得太快，昴整個人愣了一秒。

「怎、怎麼這麼爽快就答應？」

「我也很意外，不過公主其實很早起。不過相對的，晚上就超早睡覺。反正就是這樣，這邊啦這邊。」

朝著退縮的昴笑，阿爾態度悠閒地邀請他們進入豪宅。跟在他後面進入屋子裡，就被不輸給外觀的內部裝潢給衝擊到。

連外行人都看得出的昂貴藝術品和家具擺設就直接展示在走廊上，數量多到妨礙走路；連照明和畫框都以貴金屬裝飾的樣子，令人感受到瘋狂的執著。

「一開始可能會覺得刺眼，不過習慣後就還好。還好現在是早上，晚上的走廊更恐怖咧。」

「又不是小孩子，不要講什麼晚上的走廊很可怕這種話啦，你這個大人。」

「石像的眼睛是夜光的喔？」

「那是你的主人腦袋有問題。」

抬頭看，分立在走廊兩旁的石像眼睛嵌著像寶石一樣的東西。要是四周變暗就會發光吧。購買者和製作者的腦袋都不正常。

跟在兩人後方的雷姆一直吸鼻子。嗅覺敏銳的雷姆似乎嗅到什麼可疑的氣味，直盯著走在前面的鐵頭盔背影看。

這種不協調的三人行在建築物裡頭很快告終。

「公主就在豪宅的最頂樓。奢侈到整樓做成一間房喔。」

「簡直就像哪家飯店的總統套房。可以上去了嗎？」

「就兄弟你喔。」

來到樓梯口的阿爾用拇指比著樓上，意有所指地回答。

聲音中的不平穩讓昴用警戒的眼神看他。

「沒有沒有喔，我不是使壞才這麼說的。是公主說只見兄弟而已。小姐就請到客人用的房間。」

「你覺得我能放心地把她交給剛剛才在講補充女僕成分的傢伙嗎……？」

「也難怪會被這麼說，不過我也會在公主的房間門口待機所以放你一百二十個心。雖然委屈又可惜，不過小姐就交由舒爾特前輩帶路吧。」

搶先解除昴的掛慮後，阿爾邊發出苦笑聲邊彈響手指。馬上樓梯上方就出現一名粉紅色捲髮的紅瞳少年。

是只能用美少年這個形容詞來形容的少年。嬌小的身軀套著管家服，繃著的臉彷彿在述說自己忠於職務，不過卻蕩漾著哪裡怪怪的氣息。

「欸，別怠慢客人喲。」

「是。請交給我。」

阿爾輕拍少年肩膀，回答得正經八百的正太管家就要帶領雷姆離開。雷姆不知所措地看向昴。

「對不起。等我到談話結束吧。這間豪宅的危險人物，包含那邊的頭盔人應該全都會集中在樓上，所以放心跟著他去吧。」

「說我是危險人物太過份了啦，兄弟。雖然我很常被人說是可疑人物。」

無視阿爾鬧彆扭的聲音，昴撫摸雷姆的頭讓她安心。被摸頭的雷姆難為情地瞇起眼睛，無可奈何地頷首。

「明白了。——請特別注意那個人。」

點頭後，雷姆輕輕靠近昴以竊竊私語警告。

她只看了阿爾一眼。看樣子阿爾似乎大大刺激到雷姆的警戒心。

「嗯，知道了。」

其實是很想相信同鄉的阿爾，但在信賴度上當然是雷姆比較高。想到在庫珥修宅邸的對談，就該意識到這裡也是敵陣。

朝點頭的昴微笑，雷姆跟著正太管家消失在走廊後。

「咻——很行喔，兄弟。她很愛你喔。」

「既然要吹口哨就吹好一點啦。還是跟我一樣不會吹？」

至今還不曾用嘴巴吹出正常的口哨聲。

儘管從以前就練習很久卻還是吹不好，因此留下了沉痛的回憶。

「啊──因為我的嘴唇稱不上完整。要吹出正常的聲音是不可能的。」

「這、這樣啊。那真抱歉。」

得到比想像中還要沉重的回答，昴放棄繼續追究。

「好啦，讓那位小姐乾等也太可憐，讓公主等太久更是找死的行為。趕快上去吧。」

「進展神速真是謝天謝地。……順帶一提，今天普莉希拉的心情怎樣？」

對方是可怕的普莉希拉，其心情會直接影響結果。

「嗯──我是覺得不好不壞啦，不過別指望這種事比較好喔？公主的心情是會根據對話前後、中間、上下左右隨時改變的。也沒有特別喜歡的話題。你就用即興功夫巧妙克服吧。」

「一出場就要決勝負啊……是我最不擅長的。」

上了樓梯，走過平台盡頭處是房間大門──裝飾得超越花枝招展境界的門。

「裡頭是公主寬敞到浪費的私人空間。因為我沒被叫到裡頭，所以只能在這等不能進去。」

徹頭徹尾悠悠哉哉的阿爾就直接坐在門前的樓梯上。然後把掛在腰後的青龍刀拿下放在大腿上。

「可別惹公主生氣喔？被遷怒就免了，她心情不好會害我一直被刁難，累死人了。」

「……不好意思，我就是來做刁鑽要求的。」

冷淡地回答阿爾的請託，昴深呼吸後推開門。

然後──

4

——然後，時間回到一開始與普莉希拉對峙的時候。

進入房間的昴，與身在寬敞空間最裡頭的普莉希拉面對面。但是她坐在高人一等的台階椅子上優雅地讀書，看都不看昴一眼。

掌握不到開口時機，這段期間時間繼續前行，焦躁和不知所措支配著昴。

「——好啦。」

因此，當合上書本的聲音突然在房內響起時，昴嚇到肩膀聳起。

簡直就像自己的弱點被直視般，昴輕輕咬牙。不把他放在眼裡的普莉希拉慢慢地用手指摩擦合上的書本封面。

「無聊的故事。」

「……可是妳看起來看得很專注。」

「看書期間專注在書本裡的世界才是正確的讀法吧。看完之後才說出心得感想。沒看就說無聊，是愚蠢的行為。」

自稱喜歡看書看來不是講假的。果斷地稱沒看書就批判是愚行的普莉希拉，忽然把看完的書扔向空中。

「——啊。」

被丟出的書就在傻住的昴面前突然燒起來。

被驚人火力烘烤的書本燒光，只剩下黑色灰燼飛舞。

「好啦，奪去妾身寶貴的晨讀時間。——至少是帶了比剛剛的書還要挑起妾身興趣的話題吧？」

淫靡又惡毒地笑，換腳交疊的普莉希拉用白指指向昴。品嚐額頭彷彿被指頭戳到熱起來的錯覺，昴硬是策動乾唇。

「——跟妳同為王選候補者的愛蜜莉雅。為了打破她所處的現狀，所以我希望妳助我一臂之力。。。」

「————」

聽了昴的話，閉上一隻眼睛的普莉希拉無聲催促繼續。平常心在紅色視線下搖擺，昴拼命地集中精神說出事先準備好的話。

然後，昴花了幾分鐘講到結論。

「魔女教啊……哼。」

普莉希拉用靠在扶手上的手撐著頭，另一隻手拍腿。

改善對庫珥修講的內容並添加意見。聽完的她感慨很深地喃喃低語，然後閉上眼睛。

「對，魔女教。要是放著那些傢伙不管就會害死很多人。會被迫害的不只愛蜜莉雅，所以我想在那之前打倒他們。為此我需要力量……」

「哼哼，呼。」

「——？」

突然，低頭的普莉希拉肩頭微微顫動。從她嘴巴跑出來的沙啞吐氣叫昴皺眉時，她猛然抬起頭，說：

「哈哈哈哈！有趣！有趣啊你。原來如此，確實比剛剛那本書還要震撼妾身的心。滑稽到這種程度，堪稱一絕啦！」

普莉希拉大笑，同時恥笑昴。

那是凶猛的肉食動物才會有的笑容。憑本能就知道，那一定是貓咪用爪子玩弄完老鼠要殺掉時會露出的笑臉。

「——呃！有什麼好笑的？」

「而且還不知道自己滑稽在哪。喂喂，我說你啊，該不會不知道自己的話多麼支離破碎吧？」

手指插進自己的橘色頭髮，普莉希拉邊捲纏頭髮邊快樂地笑。

那種彷彿看穿人內心的說法，昴有印象。在庫珥修的宅邸裡好幾次都受到這樣的對待，對方就是想說昴理解力太低。

「有沒有可以拜託的人我是不知道，不過你所做的只是利敵行為，到處去其他陣營告知自身陣營的弱點。因為如此所以力量不足很傷腦筋……以為這樣就能獲得幫助，你腦袋也太天真了吧。」

用手指敲擊太陽穴周遭的普莉希拉嘲笑昴的拼死懇求。

有想過可能會被冷漠對待，但沒有預料到會被謾罵到這種地步。

「不懂立場就算了，還考慮得這麼不周詳。誇張到極點。本來是想討救兵卻把同伴給逼到絕境讓敵人坐收漁利……你的行為證明了自己是無能之輩，根本沒法擔當大任。不如死了還比較好。」

暢所欲言的普莉希拉站起，從台階上走下來到昴面前。

「乾脆——讓妾身把你的腦袋敲掉好了。」

下一秒，普莉希拉從胸口拔出扇子，輕輕抵著昴的脖子、右邊的頸動脈。技藝高超到根本沒看到她踏步的瞬間，連她何時揮動手都不知道。

儘管扇子並非利刃，卻給昴只要一動就會人頭落地的錯覺。

「連眼睛都追不上嗎。」

昴忍不住屏息的樣子，讓普莉希拉感到無趣，說完就拿開扇子。

「愚蠢又駑鈍，真的沒得救了。……不過，受到這麼殘酷的對待都還是為了主子到處奔波，只有這股忠義值得敬佩。因此，」

啪的一聲打開扇子，瞇起眼睛的普莉希拉將自己的嘴巴藏在紅色布幕後。

「單單恥笑你的行徑就趕走，就連妾身都覺得太殘忍。所以給你個機會。」

「……機、機會？」

「沒錯，機會。就是『勸司』。」

又是從阿爾那聽來的吧。用含糊的發音唸出英文的普莉希拉，將再度疊起的扇子伸向昴。

不知為何昴無法閃避那筆直、安靜伸過來的扇子，額頭被扇子的前端一推就整個人坐倒在地。然後，

「舔吧。」

眼前是脫去鞋子，伸出裸足的普莉希拉。

「————」

不明話中的意思，昴的視線在普莉希拉的臉和腳來回游移。

俯視宛如迷路孩童的昴，普莉希拉溫柔地像在對待做錯事的小孩，又狠毒地像在玩弄奴隸。

「趴在地上，吞下羞恥和屈辱，像隻丟人現眼的野狗，像吸吮母親乳房的嬰兒，舔妾身的腳吧。——做得到的話，就考慮你的提案。」

「啥——!?」

「討厭的話就算囉？優先維護自身的小小矜持，把搖著尾巴的主人捨棄在荒野的話也是可

以。不管哪一個，對妾身來說都是消遣。」
不管怎麼發展自己都能享受到。普莉希拉遮著嘴巴竊笑。
她這只有惡意的態度，讓昴的五臟六腑被怒火煮沸。
但是，在聲音大起來任感情奔放之前，昴硬生生地忍住了。在這裡放任感情肆虐的話，談判又會失敗。
「——」
目光在眼前的腳，以及普莉希拉的嘲諷臉之間來回。
閉上眼睛，愛蜜莉雅、拉姆、碧翠絲、村中的孩童們和大人們，他們的臉接二連三地浮現腦海，慢慢地平息腹中沸騰的岩漿。
惱怒，束手無策，得到的結論是——
「我、我……明白了。」
忍住屈辱，昴跪下來捧住普莉希拉的腳。
想想愛蜜莉雅和村民是在苦痛中死去，昴在這兒品嚐屈辱算什麼。只要能迴避那個絕望的未來，到達能夠活下去的世界的話，管他是變狗還是什麼都無所謂了。
顫抖的嘴唇接近腳背，像吸吮一樣接觸肌膚——之前。
「唉，你真的——只是個無趣至極的人呢。」
鼻樑被正面一踢，昴的身體飛向空中。

「————」

整個人縱向旋轉，視野分不出上下。

昴沒法理解發生什麼事。

猛力的衝擊敲擊頭部產生浮游感，但緊接著被硬物撞擊全身的感觸中斷。

成大字形貼在地面，過了一段意識模糊的時間後才察覺到。

黏答答的液體從鼻腔大量溢出。

「你的那個根本稱不上是忠義或忠誠。只能說是骯髒無比、像狗一樣的依賴以及像豬一樣的慾望。你這頭只會要求人的怠惰蠢豬。而豬的慾望最醜陋了。」

不間斷的耳鳴和嘔吐感在頭蓋骨裡頭盡情跳躍。

可以聽見普莉希拉的聲音，但內容卻進不了腦袋。

「就算擊退了魔女教，擁有你這種畜生的凋敝陣營，妾身也會消滅掉。你的輕率行為和態度，讓妾身這麼決定。」

揪住倒地之人的胸口，粗暴地拎起身體。

上半身被拉起的昴流出更多鼻血，導致呼吸困難嗆咳不已。而毫不留情的話語就從極近距離當頭淋下。

「——儘管自豪吧。因為你把那女的，把愛蜜莉雅導向毀滅。」

被惡狠狠地推開，昴的身體在地板上滑行，滾到門口。

地上留下滾動後灑出的鼻血。但比起那些血跡，看到昴更讓普莉希拉不愉快。

她一厲聲大叫，與外頭聯繫的唯一一扇門就被打開。

探頭的阿爾，看到門前血流滿面的昴。

「——阿爾迪巴蘭！」

「喂喂，這是怎樣……」

「把那叫人不爽的蠢貨扔出去。你要的話砍死也沒關係。」

「我有關係啦，在各方面……好啦，走囉，兄弟。」

沒有反駁憤怒的主人，阿爾輕鬆地扛起倒地的昴，快速步出門。

但是，在離去之際又悄悄地看向房內的普莉希拉。

「別那麼生氣嘛，公主。可愛的表情會被殘暴給糟蹋喔？」

「如果不希望你那張崩壞臉被毀得更徹底的話，就快點帶人走。妾身不會說第二次，阿爾迪巴蘭。」

「我說過別用那名字叫我。」

扔下這句話，阿爾就扛著昴趕快關上門。

他快步下樓的同時，用擔心昴的聲音說：

「總之，快點逃走比較好喔。公主現在很不爽，很有可能馬上就改變主意要你的腦袋。快趁還沒被砍的時候逃跑吧。」

「啊，呼啊……？」

「這樣不行。我去叫跟你來的小姐，之後在外面看要怎樣吧。」

看昴意識朦朧的樣子，阿爾似乎感到麻煩而聳肩。

接著加快速度，飛也似的衝下樓梯。

5

「——昴!?」

看到靠著豪宅大門席地而坐的昴，雷姆臉色大變衝過去。

雷姆觸碰頹然癱坐的他，邊確認傷勢邊詠唱治癒魔法。淡淡的光芒逐漸包圍昴臉上的傷口。

「昴在上面發生什麼事？」

「啊—就那個囉。看來是惹到我家的公主了。都跟他說要注意了……算了，要他完美地猜想到貓的心情太為難他了。」

阿爾的回答不得要領，不過話中也沒有絲毫罪惡感或歉意。

那樣的態度令雷姆啞口無言。才想要抗議，卻被阻止。

「……什麼都不用說。」

「——！昴，你意識還清楚嗎？」

隨著腦震盪被治癒，朦朧的意識開始集中。聽見昴的聲音後雷姆笑顏逐開，不過馬上閉上眼睛好專心治療。

「昴真的是不能不盯著看的人呢。只不過分開將近一小時，就受這麼嚴重的傷回來。」

「我也不想受傷……」

血液循環一恢復正常，鼻腔就再度湧出血流。昴連忙用手接著滴落的鼻血，雷姆則是從懷中掏出手帕輕輕貼在他臉上。

「請按著。等血流完自然就會停止。雷姆要繼續治療。」

「……好。」

聽從雷姆的吩咐按住鼻子，昴接受慢慢滲入的治癒瑪那。

「好像沒事了呢。」望著他們的阿爾點頭道。

「我在也沒什麼用，就回裡頭囉。是不知道你講了什麼，不過看樣子不是很順利呀。我太慢回去的話，公主有可能真的會下令宰了兄弟你。」

「殺了昴……!?」

「不要那麼可怕的表情嘛，小姐！只是可能啦！所以說快在指令下達前逃走吧。我也不想那樣做呀。」

誇張地回答過度反應的雷姆後，阿爾洩氣地垂下肩膀，歪頭說：

「那，好好休養吧，兄弟。那邊的小姐也……嗯─記得叫拉姆吧。我兄弟就拜託你了。」

「——拉姆是姊姊的名字。雷姆的名字叫雷姆，阿爾大人。」
雷姆朝口氣輕佻道別後就背過身的阿爾正式報上名號。
頓時，阿爾停下腳步。
「……雷姆？」
止步的阿爾微微抬頭，然後慢慢地轉身面向她。
「別說蠢話了。妳是拉姆吧？」
「是雷姆。……冒昧請教，阿爾大人在哪兒見過姊姊？」
對方把自己誤認成雙胞胎姊姊，於是雷姆這麼解釋並反問，可是卻沒有得到阿爾的答覆。
阿爾舉起剩下的手觸碰自己的頭盔，忙不迭地發出金屬聲響。
「這是怎麼一回事，喂……」
不知哪裡沒法接受，阿爾的聲音裡帶著急躁。彷彿要證明這點，玩弄頭盔的手指動作也越來越快。
「小姐是雷姆……姊姊是拉姆。」
「是的，正是如此。」
「問這種事很那個……小姐妳的姊姊還活著嗎？」
「……？不懂您這麼問的用意，不過姊姊當然還活著。」
雷姆一這麼應答的瞬間，默默聽著對話的昴立刻起雞皮疙瘩。

「——開什麼、玩笑。」

低沉冰冷的聲音，伴隨沉重的聲響敲擊耳膜。

隔著頭盔摸額頭的阿爾低著頭喃喃自語，聲音像從喉嚨裡擠出來。

直到這一刻，昴終於察覺到惡寒的真面目是阿爾釋放的陰氣。

不可以待在這裡！本能大鳴警鐘。雷姆似乎也有同樣的感受，輕輕地靠近昴，說：

「昴，搭肩膀的話站得起來嗎？」

中斷治療彎腰的雷姆也裸露警戒，這麼問。

聽她這麼說昴縮下巴回應，配合雷姆的動作調整呼吸。

「放心吧。我什麼也不會做的。」

但是那樣的警戒，因阿爾搖頭收斂陰氣而成了杞人憂天。

鼓漲的緊迫感消失後，昴忍不住放鬆肩膀。雷姆也在安心下微微緩和撲克臉。

「在討人厭的氣氛解除時這麼說很抱歉，不過快走吧。知道剛剛的事後，連我也覺得心情不是很好了。」

「……知道了。感謝撥冗接見，還請幫忙這麼轉達。」

「好，了解。路上小心。」

彼此裝作沒事交換客套話後，昴就搭著雷姆的肩膀邁步。

體重靠在嬌小的雷姆身上，兩人慢慢遠離跋利耶爾宅邸。

阿爾一直瞪著兩人走下坡道、逐漸遠離豪宅的背影。

「開什麼玩笑。那個是這樣嗎……我都要反胃了。」

6

——與普莉希拉・跋利耶爾的談判以決裂告終，這次真的是走投無路。

「最優先要完成的確保戰力，是我沒法達成的成就嗎……」

被絕望和無力給打垮的昴，摸摸自己的鼻子這麼說。

寶貴的上午被普莉希拉給毀掉，現在剛好是要中午。離昴設定的離開王都時限還有半天——兩人正逐漸失去時間上的從容。

然而狀況別說一進一退，根本是只有倒退，完全是慘敗。

「不管怎麼說，那個高傲的混帳女人……竟然忘了我救過她的恩情……！」

第一次見面時普莉希拉被惡棍包圍。道出帶她逃跑的功績後，昴憤恨地扭曲嘴角咂嘴。

她絲毫不覺欠人什麼的態度雖是事實，但面對前來懇求幫助的對象都如此無情踐踏，是昴想都沒想到的。

阿爾也是老樣子。對主人的暴行完全沒有要勸誡的意思，真是薄情寡義的傢伙。什麼同鄉，一點屁用都沒有的傢伙。

「每個都去吃屎吧。明明都不知情，明明什麼都不知道……明明沒法保護任何人事物，卻還一直礙我的事……哼！」

咬牙切齒之餘，又在急躁下用力咬牙。嘴角破皮，血流到舌頭上，但憤怒與屈辱讓他感受不到鐵鏽味。

「——轉換心情吧，轉換掉。現在可不是隨那些白癡起舞的時候。」

不得不去想的事多不勝數。

送雷姆離開做最後的垂死掙扎，昴前往與她約好的會合場所。雙腳通過貴族街大道，進入王都中層的商業區。

就這樣分開人群，筆直地前往目的地的時候。

「哦——！那邊的哥——哥！很痛的——樣子耶——！無要緊唄——？」

「啊？」

突然被叫住，驚訝的昴往斜下方看。

對方的身高很矮，只到昴的腰部，不過正挺直背脊仰望他，像在觀察。

橘色的體毛和滴溜溜的眼睛，討喜的臉蛋充滿喜色的幼貓獸人。

「你流血了吧——？咪咪偶爾吃飯時也會咬到嘴巴所以知道——！那超痛——的！差點哭出來

囉——？差點哭出來囉——？」

「我才不是因為那麼孩子氣的理由才流血……不對，我很忙，再見。」

「不治療可以——嗎？嗅嗅，嗅嗅。還有哥——哥其他地方也還有血的氣味喲？你流過鼻血？」

被普莉希拉踢出的傷口應該早就堵住了，但少女的嗅覺卻還是捕捉到殘餘。不開心的記憶甦醒，就在昴要推開少女的時候。

「不——行，咪咪。不可以給倫添麻煩。淘氣是不行的喲。」

可是，在昴這麼做之前，少女的同伴搶先一步找到她。被柔聲喚作咪咪的少女轉過身，朝氣十足地揮動短短的手。

然後，微笑著凝視她並走過來的人是……

「——呃。」

「非常抱歉。偶家的孩子給你添麻煩……嗯——嗯？」

昴倒抽一口氣，這樣的態度讓對方停止道歉，然後立刻認出他來。

驚訝在轉眼間就消失，取而代之的是歡迎出乎意料之事的神色。

「記得你叫……菜月。愛蜜莉雅的騎士，菜月．昴。——你還在王都呀。真是有緣咧。」

擁有一頭柔軟淺紫色頭髮的嬌小女性，瞇起的淺黃色瞳孔帶著讓觀者的心情沉穩下來的逗趣光芒——但是昴知道，這名女性的本質是掠食者。

儘管見面的場所不同，但沒有錯看她那特異的氣質。

「安娜塔西亞・合辛……」

「嗯，對。你記得很清楚呢。太好了。偶本來很擔心在那種場子給倫的印象很薄弱。鬆了一口氣咧……既然連後來很慘的菜月都記得，那其他倫一定也記得。」

操著一口聽不慣的關西腔——卡拉拉基腔的安娜塔西亞柔美微笑。

昴因意料之外的邂逅感到驚訝，接著視線掃向周圍。既然安娜塔西亞在這，那身邊應該就會有那男的——

「放心。偶跟由里烏斯分開行動。他沒來這邊。」

「……這樣啊。」

被看穿焦慮的原因，昴尷尬地回答。手貼嘴巴快樂不已的安娜塔西亞，似乎非常討厭主從聚在一起。

意想不到的相遇，但昴並不覺得是千載難逢的好機會。

不用說，原因出在由里烏斯。考慮到在練兵場與他的爭執，不管發生什麼事都絕對不可能跟安娜塔西亞的陣營聯手。

「首先，你看起來狀況似乎不錯。雖然只有一點點，但倫家還是有在擔心咧。」

「……那真多謝了。妳才是，狀況看起來很棒。」

「一點一點咧。」

「哦——！一點一點啦——！」

昴的諷刺得到關西人本人的回應，還有樂在其中的幼貓嘻笑。這位少女叫做咪咪吧，安娜塔西亞好像是跟她兩人一同行動。

「時下最夯的王選主角，連一個護衛都沒帶在街上晃來晃去好嗎？」

「為了不被認出，偶是有變裝過的喲，不行咧？」

安娜塔西亞原地轉一圈展露她的城市女孩打扮。確實服裝是脫離了她的個人風格，但關鍵的白狐圍巾和巨大的雙珠扣式錢包依舊健在，根本就毫無說服力。昴翻白眼，從中領悟到大略感想的安娜塔西亞發笑。

「嘿，倫家的魅力藏不住也無法度囉。而且有瞎譙萬一，有偶可靠的副隊長小姐會加油所以免煩惱。」

「可靠的副隊長……？」

看挺起扁胸的安娜塔西亞視線瞄向咪咪，昴一臉詫異。扔著兩人逛攤位的咪咪，怎麼看都看不出有那種派頭。

「你很懷疑咧，不過係金欸喔？那孩子在偶的私兵團中是第二把交椅。即使與由里烏斯戰鬥，也比菜月還要能撐滴──」

「…………」

「啊，生氣了？抱歉抱歉，原諒偶唄？看到有欺負價值的孩子就忍不住了咩？」

那個『忍不住』是怎樣？昴彎曲嘴唇表露不滿。

「如果妳只是想閒聊那我可以走了嗎？跟妳不同，我有事要做。」

「什麼啦，這麼冷淡。你說的有事是什麼？」

「要跟同伴會合啦。然後籌備離開王都的龍車等等。」

與雷姆約好碰頭的地方，就在王都正門大道上的某家餐廳。先不論垂死掙扎的成敗，幾個小時後必定要張羅到龍車離開王都。

「哦——籌備龍車。那個呀，沒用的唄？現在要在王都租或買龍車都不容易喲。好像是因為麻煩事重疊出現。」

「籌備龍車會很累嗎？沒那……」

回事。本想這麼說的昴沒把話說完。

在之前的輪迴裡，都理所當然地使用龍車回到梅札斯領地，但在第一輪的世界中駕駛的龍車是跟庫珥修借的。第二輪也沒有太大差異，庫珥修基於同樣的理由出借龍車。

「不知是哪裡的誰在收購王都裡的龍車。所以說，想在現在的王都租到龍車，就得到處找囉。」

「……真的假的。」

安娜塔西亞含笑這麼說，傻住的昴只能這樣低喃。

她沒有理由撒謊。都到這田地了，卻連只是要離開王都都能遇到障礙。苦難傾瀉到叫人難以置信的地步，昴抱頭苦惱。

「大小姐，不可以欺負人啦——」
但是，看到昴煩惱地低下頭，咪咪就拉安娜塔西亞的袖子說。
「龍車就是那個蜥蜴吧——？大小姐給哥——哥不就好了——」
「妳有龍車好借我嗎!?」
「倫家好歹是商會會長。一兩台龍車是小菜一碟唄？不過，菜月好像不想跟倫家說話的樣子。」
「唔……。剛剛是我態度欠佳……」
被指責想要中斷對話，尷尬的昴吞吞吐吐。那樣子令安娜塔西亞掩著嘴嘻嘻笑。
「行咧行咧，偶原諒你。取而代之要陪偶閒聊囉？不管是有事相求還是怎樣，圓滑的人際關係都很重要。地點就在約好碰頭的店面就行咧。」
楚楚可憐的商人微微一笑，昴沒得拒絕。

7

「離中午還有點早，不過都到店裡了怎能兩手空空。」
這麼說完，安娜塔西亞就從櫃臺端了簡單食品過來。是麵包夾著蔬菜和肉的長條漢堡。咪咪從她那兒接過食物，一臉開心地大快朵頤。

地點在王都正門大道旁的簡餐店。因為是王都最多人經過的地方，所以客人出入頻繁。店內高朋滿座，昴他們坐的位置是最後的空桌。

「菜月也不用客氣儘管吃喲？既然選這裡碰面，代表也打算順便用餐唄？」

「有事相求又還被妳請吃飯實在過意不去。我等同伴來了再一起吃，先放著就好。安娜……不對。」

座位雖多，店裡卻並不寬敞。在鬧烘烘又擁擠的地方直呼安娜塔西亞的名字叫人猶豫再三。

「用不著那麼在意沒關係滴。要是不好開口，叫我大小姐也行咧？」

「那樣也叫人難以開口。……是說，關於龍車。」

「這麼快就要進入主題囉。以自己的目的為優先，對手不會開心滴。談判的基本，在於多深入對方的心。菜月這點就不行咧。」

針砭昴的性急後，安娜塔西亞也把自己的餐點送進嘴巴。蔬菜和肉被咀嚼，舔醬汁的舌頭莫名嬌媚。

雖說庫珥修和普莉希拉也是這樣，不過安娜塔西亞的一舉一動也都有異於常人的魅力。該說是王選候補者具備的某種資質的顯現嗎。

「吃東西的時候被一直盯著看，倫家會害羞。倫家出身不好所以沒什麼禮貌。偶吃東西的方式很奇怪？」

「我的教養等級也沒高到可以糾正妳啦。……不是，一點都不奇怪。大口咬食物的女人，怎麼說呢，很少見。」

「……欸，都說要深入對方心中了吧？你那樣不行滴啦。」

昴勉強擠出的妥協，被安娜塔西亞訕笑給予低評價。她的無情判斷讓昴早早舉雙手投降。

「是說，我不是開玩笑。我真的很傷腦筋。所以可以進入主題嗎？」

「就算動之以情，對上像偶這樣的人可說是下下策中的下下策。不過，你的努力偶認同。就幫你準備一輛龍車唄。」

安娜塔西亞邊說邊從懷中拔出羽毛筆。接著攤開包麵包的紙，流利地寫了些字後折起來。接著，

「這張紙上寫著還有龍車的店的位置，以及倫家的親筆簽名。只要拿到這個，你的目的就算完成咧。」

「不要玩我啦。」

「就是要玩你。畢竟——白白給你就不好玩咧？」

平靜地說完，安娜塔西亞把折起來的紙放在桌面上，手掌輕輕地蓋在上頭遮蔽昴的視線，並且對著相形見絀的昴微笑。

從方才就看過好幾次的微笑，這次的質量看起來卻跟剛剛的不同。

「用不著那麼緊張沒關係滴。倫家只是想要你陪偶閒聊。只講必要的話就告別未免太寂寞了。至少在你的同伴來之前，跟倫家聊聊不為過唄。」

「為什麼這麼執著跟我這種人聊天？又沒好處吧。」

「沒有任何意義的事不存在這世上，倫家是這麼想的。沒倫會知道可以從哪裡的誰得到何種發想。不過，在這之中偶覺得菜月是特別的既得利益者喲。」

「……假如那是從王選會場得到的印象，我可不歡迎。」

「倫家跟菜月除了那裡，還有其他交集嗎？」

昴摻雜苦楚的諷刺，被正經到無法反駁的言論捨棄。把安娜塔西亞的要求和目的放在天平上，昴立刻學乖。

「真的只聊到雷姆回來？這樣妳就肯把那張紙給我？」

「倫家會說謊也會欺瞞，不過這是真滴。可以用白紙黑字發誓喲。」

「還真敢厚臉皮這麼說。……那要聊什麼？」

「一開始就說過了唄？談判的基本在於深入對手的心。話題和探問都要夠高明。首先，就從對方有興趣的事開始唄。」

也就是先不要露出不情願配合的態度吧。真實際的忠告。要是惹人嫌導致約定作廢的話就麻煩了。昴抓抓頭，深思。

「欸、欸，大小姐大小姐。咪咪還想吃剛剛的東西，可以點──嗎？」

「可以喲，儘管吃吧。啊，不過醬汁不要沾在嘴巴上。會害得可愛的臉蛋黏答答滴。雖然那樣也很可愛。」

「幫我擦幫我擦——！好耶——我去拿囉——！」

被安娜塔西亞擦過臉後，咪咪就歡欣鼓舞、精神百倍地走向店員。那小小的身影讓昴靈光一閃。

「剛剛，妳說那個小個子是副團長。」

「怎麼？不是講倫家而是咪咪？菜月有那種興趣？一看到貓耳就看不見其他東西了？是的話，麻煩不要接近偶家的孩子嘿？」

「我才沒那麼麻煩的癖好咧。首先，我吃過虧……」

想起那個不懂事宅邸裡頭的貓耳騎士，昴就咬牙。

「總而言之，不是妳想的那樣。單純只是在意而已。我記得妳說過私兵團吧。」

「在卡拉拉基很出名咧。倫家合辛商會專屬的傭兵團『鐵之牙』，出資者是偶，有權挑選成員的當然也是偶。」

說完，安娜塔西亞陶醉地望向咪咪的背影。

「亂可愛一把咩？抱著睡會凍未條喲？」

「應該是我問妳有那種興趣嗎。該不會副團長這個職位是因為妳的偏愛才讓她坐上的吧。」

「這點放你一百二十個心。說過了吧？那孩子是『鐵之牙』的第二把交椅，論實力穩坐副團長之位滴。不然的話，就不會跟倫家一起在王都散步囉。」

從她的話中感受到絕對的信賴後，昴再度看向咪咪嬌小的背影。

看不出來強到哪去。可是，安娜塔西亞的話有說服力。要一個人肩負起護衛王選候補者的任務，實力不被信任的話就不可能有這樣的安排。

「啊，事先聲明，偶不會透露團員的詳細情報喲？倫家可沒大方到公開所有部下。不如說，小氣方面倫家比較有自信。」

「那不是應該要有自信的地方吧……」

試圖深入的話題被閃避，不過昴已經將『鐵之牙』視為威脅之一，刻畫在腦內。哪天要和安娜塔西亞敵對交鋒時，那會是一道阻礙之壁。

「菜月，你眉頭的皺紋太深咧。眼神變可怕囉。」

「我的眼神兇惡是與生俱來的啦。不要隨便挖別人的自卑情結。」

「情結？嗯嗯，算咧。話說回來，講到與生俱來，菜月是哪裡人？黑髮的人很少見，這件服裝也很罕見。」

「我來自地球日本，這服裝叫運動服。在這世界大概是唯一一件。」

老實回答反而變得像是在閃避問題。

果不其然，安娜塔西亞覺得話題被岔開朝奇怪的方向去，所以嘟起嘴唇。

「地球日本，聽都沒聽過……在哪？」

「大瀑布的對面啦。東方的東方，再往東的日本國。」

「大瀑布……」

昂自暴自棄地說出會被人一笑置之的解釋，但安娜塔西亞卻陷入深思。預料之外的反應讓昂皺眉。

「妳不笑我？萊因哈魯特是就接受了啦。」

「嗯，這樣，是喲。是有聽說極少部分的人會說自己來自大瀑布對面。偶是沒想到自己會遇到而已。」

「除了我以外還有其他有幽默感的人啊。那人很有名嗎？」

「你哪天對『荒地合辛』有興趣的話，調查看看就知道咧。」

臉龐沒有笑意的安娜塔西亞這麼告訴昂。聽到『荒地合辛』，昂歪頭。合辛確實是安娜塔西亞的姓氏。還有『荒地合辛』這個英雄故事，昂也曾聽人講過。

「妳跟合辛沒有關係吧？記得妳說過是為了沾光才借用那名字的。」

「創建卡拉拉基的人，與出身卡拉拉基的偶不能說是沒有關係，不過就血緣的話是一點關係都無。倫家只是擅自報上名號。借用以行商發跡、就像神一樣的倫的名字，是個好兆頭唄？」

「那要膽量夠大才敢做呢。」

自行冠上商業之神的名字，對自己課以不辱沒其功績的覺悟。

想起在王選會場，安娜塔西亞發下豪語說自己是出自於私欲而想得到王國的模樣。她以那行為做原點，拉開無法後退的一條線。

「失敗的話就會被指指點點和嘲笑。不過，倫家來到這裡還在路上咧，只是先說些偉大的話罷了。」

安娜塔西亞的出身，只在王選會場表明信念時稍微聽到一些，在卡拉拉基的貧民窟長大，其後僅憑商業才幹就爬升至現在的地位。

收購國內首屈一指的大商會，躍上爭奪王國王位的舞台。

遲至現在，才深深領會到眼前人物的經歷是史無前例。

「為什麼能做到這種地步？都不怕失敗還什麼的嗎？」

「哦，怎麼著怎麼著。菜月終於對倫家有興趣了？」

沒有任何含意，單純道出疑問。如安娜塔西亞所言，自己或許是終於正眼看待她才會有這樣的問話。

不是討厭的對象，也不是帶著由里烏斯的人物，只是看著安娜塔西亞這個人。

「失敗，失敗啊。那個，倫家也是會怕的喔？一路走來全戰全勝，就算撕裂嘴皮倫家也不敢這麼說。只是打算在這次的比賽一直贏下去而已。」

「一直豪賭，都不會想說贏到這就夠了嗎？畢竟已經夠了吧。妳成了大商人，也有很多同伴，該滿足了。」

「——你說夠了？倫家都還不知道滿足是啥滋味咧。」

突然被壓低的聲音和淺黃色瞳孔貫穿，昴不禁畏縮。

「倫家啊，有夢想滴。」

面對沉默以對的昴，安娜塔西亞突然鬆開唇瓣改變話題。撇下什麼都說不出口的昴不管，用手指輕敲桌面。

「在貧民窟過著不知有沒有明天的日子，每天努力活下去的過程中，就有了夢想。……倫家想用這雙手，把能到手的東西全都拿到。」

「用自己的手，拿到能到手的一切……」

「確認倫家會變成什麼樣的人、能走到什麼地步就是倫家的夢想。至少，這種程度就要倫家滿足，這是偶絕對不可能妥協滴。只要命還在，倫家的手碰得到、抓得到，就全都要變倫家的東西。是要什麼都沒有、一貧如洗地死去，還是被許多東西包圍充斥而死。——在結果出來之前，倫家的人生比賽還會持續滴。」

被壓過去了。

昴理解到面前身材小巧的少女，根本是強大到需要抬頭仰望的大人物。

庫珥修和普莉希拉都有異於常人的素質。但是安娜塔西亞也有著絕不輸給她們的強烈超凡魅力。不，對現在的昴而言，好感度更勝其餘兩人。

與不懂事情輕重緩急的庫珥修決裂，又被桀傲不馴的普莉希拉冷漠對待的昴，安娜塔西亞簡直就是上天垂到昴面前的最後救命繩——搞不好，她真的是也說不定。

對無法借到戰力的昴而言，她是出借力量的最後可能性。

「那個，安娜塔西亞小姐。我誠懇地想跟妳說……」

捨棄一開始要擺脫麻煩的姿態，昴規規矩矩地重新面向安娜塔西亞。

仰賴她。一這麼想由里烏斯就閃過腦海戳刺昴的心頭，不過他硬是壓抑那份感傷，嘗試提出話題。

「暫——停。從剛剛就是菜月在聽，雖然對倫家有興趣是很高興啦，不過這樣太不公平咧。」

可是，這樣的決心起頭卻被安娜塔西亞的柔聲給打住。

「不公平，不到那程度吧……不對，是說，讓我說啦。」

「沒錯，互讓也很重要。在談判前可要講究人際關係咧。……菜月似乎想離開王都，已經觀光夠了？」

「什麼觀光，不要講得那麼悠哉。我沒那個念頭，安娜塔西亞小姐也是吧。現在是土包子閒逛旅行的時候嗎？」

打斷開頭的話題竟然是這個嗎？昴差點就咂嘴。

「是沒打算閒逛，不過不要小看觀光喲。——看到人多的地方就繞一繞，光這樣就能看到好東西。」

苦笑在中途消失，安娜塔西亞的音量微微降低。昴被她的態度和表情變化給吸引。她則是朝昴抬抬下巴，示意街上。

「這條街也好，剛剛的商業大道也罷，氣氛都跟之前不同吧？菜月有發現嗎？」

「……被妳這麼一說，確實有殺氣騰騰的感覺。」

幾天又幾個小時的接觸，昴所知道的王都光景就是那樣，但氣氛上連昴都能感受得到跟以前不同。

「面孔不一樣啦。聽到王選之後貪得無厭之輩就從別處聚到這裡來咧。」

「別撇開自己不說，還真敢講別人貪得無厭呢妳。」

「唉喲，拿想賺小錢的他們跟要拿到國家的倫家來比真是可悲。還有速度是商機的生命……看鼻子靈的人們的動向，就能看出更上面的動向囉？」

安娜塔西亞說的『上面的動向』，是昴所沒有的想法。

「上面一動人就動。人一動貨物就動。所以說，現在的王都湧入來自各地的旅行商人。看到人就看到商品。接下來就能看到各種東西咧。」

「看到東西……商品嗎？妳的意思是看現在的王都販售的貨物有其意義囉？」

「理解力不錯咧。順帶一提，現在的王都有很多東西的價值都產生變動，目前最貴重的就是鐵製品。所以劍啦槍啦這些武器都從王都內外被收集起來囉。」

「鐵和武器，我記得有聽說……啊啊，奧托講的。」

在第一輪的世界跟同行的商人奧托聊天時聽到的。持有大量無價值庫存品而借酒澆愁的他，現在這個時間點可說是確定破產了。

「是說劍和鎧甲……收集鐵，就是要做武器囉？收集這些的傢伙，該不會是想發動戰爭吧。」

「這個嘛，誰知道咧。也有可能目的在活絡經濟而非物品本身。若能自己主導營造繁榮盛況，光這樣就能賺到大筆名聲。商人之間的橫向聯繫很強……評價這玩意，大家都是搶破頭在爭滴。」

確實，就商人來說，誕生商機的人是要感謝的對象之一吧。商業的活性化聯繫著都市的活性化。安娜塔西亞的理論昴能夠理解。

「從剛剛的口氣來看，收集鐵的傢伙是很有名的人囉？是誰啊……」

「菜月也很熟的人喲。」

「我認識啊？」

「——庫珥修‧卡爾斯騰公爵。在王都到處蒐購鐵的，就是庫珥修小姐喲。」

「庫珥修……」

無心推進的對話裡出現了熟悉的名字，昴大吃一驚。

但是，仔細想想也不是沒有頭緒。連日來都有絡繹不絕的訪客造訪庫珥修宅邸。那不單是與有力人士談判，還有可能是與帶商品來的商人談價。

「這樣啊，拉賽爾露臉也是這個理由……」

「拉賽爾‧費羅？大人物咧。」

雖說是理所當然，不過拉賽爾的名字似乎也在安娜塔西亞的已知名單中。

而多虧她的情報，散落在昴心中的碎片逐漸拼湊在一起。

「庭園裡的大貨物，半夜出入的人們。全都是拉攏商人的戰略？」

憶起和庫珥修觥籌交錯的晚上，佣人們忙得團團轉的身影。只是那些身影，和收集鐵製品的真正用意沒法連結起來。

感覺不光是這樣的思緒纏繞不去——

「……那件事，跟現在的我有關係嗎？」

追求疑問的解答，但過程中昴卻覺得只是徒勞而扔置不理。

庫珥修在策劃什麼，是不是在攪和王都的經濟，這些跟昴一點關係都沒有。對昴來說最重要的，是對抗魔女教的手段，僅此而已。

然而為什麼，會不得不把意識分割給這個多餘的思考呢？

「——算咧算咧，就當參考唄。」

思考碰壁時，對面的安娜塔西亞這麼低喃。

格外令人印象深刻的聲響令昴抬頭，而她靜靜地伸出手掌。昴不自覺就接過籌措龍車所需的紙張。

「夠了，謝謝你，菜月。倫家想問的已經都問出來囉。」

從紙張和她的笑臉，昴領悟到對話告終。

可是，雷姆還沒到店裡。但她卻說夠了——

想到這邊，昴一下子就察覺到不對勁。只不過已經太遲。

「……這是偶然嗎？」

「——這個嘛，菜月怎麼想？」

面對咬牙切齒的昴，安娜塔西亞語氣平淡。淺黃色的瞳孔射穿昴，就像是不願看漏昴的任何表情變化。

——讓丑角在自己搭建的舞台中順著自己的意思起舞，而自己就從頭看到尾。

「從馬路上相遇開始我就中計了吧。就為了從我身上問出剛剛那些話。」

「大吵一架離開庫珥修小姐的家是在昨天晚上唄？趁著現在，你的嘴巴、眼睛、表情處處都很容易說溜嘴，不是嗎？」

被暗算了。這樣的事實令昴腦充血，喉嚨痙攣卡著聲音。

「這、這種做法妳滿意了嗎！這種……攻其不備的做法！」

「倫家心好痛耶。不過，倫家和菜月的關係，很難邊笑邊圓滑地交換情報咩。沒有信用的交易，上個保險是當然的唄。」

被當面詆毀為沒信用的對象。這事直刺昴的胸膛。

手摀著胸部，昴用像在看弒親仇人的目光瞪著安娜塔西亞。

「妳也一樣，因為不喜歡我就搞錯了……」

「倫家搞錯？」

「我說妳被眼前的無聊小事吸引，而漏看了重要的事啦！看到正確的路卻不走，之後會為錯誤的答案而後悔……！」

「什麼是正確的，什麼是錯誤的。嗯，想法形形色色有千百種，不過要倫家說的話就只有一個。」

對著切齒憤恨的昴歪起小腦袋的安娜塔西亞，臉上的微笑始終不變。

「假如想讓倫相信自己是正確的，就該讓倫看到相對應的作為。而倫家從菜月身上看不出來。要改變評價，除了用其他的評價覆蓋以外別無他法。」

「────」

「評價是根據之前的行為而定……也就是過去。不管怎麼做過去都不會改變。因此，倫家心中對菜月的評價也沒改變。」

輕拍自己的小胸部，安娜塔西亞上翻眼珠看著勃然大怒的昴。

然後。

「做過的事，絕對不會消失是嗎？」

「──唔!!」

「哥─哥，不可以再接近大小姐囉─。因為咪咪─超強滴。」

忍不住往前踏出一步的昴，臉上被一根大杖戳到。是咪咪。她介入兩人之間，牽制大為光火的昴。

「謝謝妳，咪咪。不過，什麼都不用做。因為菜月什麼都辦不到。」

「……妳！憑什麼！擅自決定我什麼都辦不到！」

「啊咧，被倫家踩到痛處？是的話抱歉咧？不過，利用你這件事沒啥好道歉滴。畢竟痛宰肥羊可是商人的鐵則。」

和吐口水的昴拉開距離，安娜塔西亞雙手在身後交握，歪頭說。

「而且，這是雙方都沒損失的對話唄？倫家問到想問的，菜月不也問了倫家一堆。」

「那只是被妳誘導吧！骯髒……妳的所作所為骯髒無比！」

「所以一開始倫家就說自己會說謊和欺瞞了。偶都說可以用白紙黑字發誓了，不做保險的人可是菜月你喲？」

「哪張嘴說那種話……！你們主僕都很惡劣！去吃屎吧！」

應該要順從一開始的直覺、在商業大道看到臉的瞬間的嫌惡感才對。

從她率領由里烏斯的時候，就該理解到她人品低劣。自己竟然還被她用話術誆騙，甚至以為她是可以信賴的對象。

徹徹底底——真的是要讓自己徹底丟人現眼才甘願嗎？

「……由里烏斯也真是好心沒好報。雖然是倫家害的。」

對安娜塔西亞的話充耳不聞，昴原本想要撕破手上的紙，但在衝動下手之前，自覺到這樣一來收穫就真的是零了，所以開始猶豫。

「看樣子，沒有蠢到那種地步咩。偶放心了。——咪咪。」

「來—了！哥—哥，看這邊——！」

咪咪朝呼吸急促、緊握紙片的昴揮杖。淡淡的光芒溫柔地包覆呆站不動的昴的臉。

「痛痛飛走囉——！」

「——」

一開始相遇時就裂開的嘴唇傷口，被治癒魔法給治好。

面對說不出話的昴，咪咪就著天真無邪的臉蛋笑著說：

「大小姐雖然任性自我，不過完全沒有惡意，所以請原諒她喲—？她都沒朋友所以很隨性。」

「咪咪，不用雞婆多嘴啦。……就這樣，再會囉，菜月。」

被奚落到體無完膚後，還被施加恩情。氣到肩膀顫抖的昴，被安娜塔西亞不當一回事轉身背對。要是能撲向那道背影會有多暢快呀。

「最後教菜月你一個談判的訣竅唄。」

停下腳步，依舊背對他的安娜塔西亞豎起指頭，說。

「談判的秘訣，端看抵達談判桌之前做了多少準備。耍些小聰明不用說，製作優勢狀況也是要滴。自己知道後，垂下對方想要的東西。一直在那邊想要想要的菜月，就是少了這個。」

不懂安娜塔西亞這麼說的用意。事到如今才講這種話，根本沒有意義。

但是，他馬上就理解那句話的意思。

「好咧，走吧。——各位。」

安娜塔西亞拍手，這麼呼喚。這樣的舉動讓昂皺眉的同時，店裡頭的客人一齊站起來。

方才塞滿店裡的客人，全都跟著走向店外的安娜塔西亞魚貫而出。

所有人都戴著帽兜，隱藏自己的底細。仔細看的話，頭部都有不自然的突起——恐怕藏起來的全都是獸耳。

安娜塔西亞的私兵團『鐵之牙』的名字清晰地掠過腦海。

「什麼呀—，大家都在喲—？啊—，哥—哥掰掰囉—！」

朝著排隊的同伴展露笑顏，咪咪最後朝昂揮揮手就衝出店。結果空蕩蕩的店裡只剩下昂和老闆兩人。

——在抵達談判桌前，做了多少準備。指的就是這件事。

「王八蛋！」

耐不住自己的窩囊，昂用力敲擊桌面。客人走光、和昂同樣傷腦筋的老闆趕緊退到店內深處。

「——昂？」

就這樣在屈辱下繼續顫抖肩膀的昂，被一道女聲呼喚。

是雷姆。預定在這家店會合的她跑向昂。

「昴，怎麼了？發生什麼事……」

「——沒什麼。雷姆，結果怎樣？」

打斷雷姆的擔心，昴硬是壓抑隱藏剛剛的屈辱感。

被安娜塔西亞反將一軍的事，就算告訴雷姆也無濟於事。在昴頑固的態度下雷姆噤口，老實報告分開行動的成果。

「雷姆向騎士團值班室報告過魔女教暗中行動的事。因為報出羅茲瓦爾大人的名字，所以沒有吃了閉門羹，但……」

越到後半段音調越微弱，昴大致猜到那邊的反應。

比起和騎士團有宿怨的昴，羅茲瓦爾的隨從雷姆前去申請，策動騎士團的可能性較高。下這步棋就是最後的垂死掙扎，不過……

「沒有得到好的答覆吧。」

「……騎士團接到多起類似的報告。由於魔女教背景不明朗，因此沒有確認過就密告的狀況從沒斷過。」

「哦，原來如此。就像真的會進行魔女審判的時代對待魔女的方法。……要是本尊因為這樣而藏起來，真叫人笑不出來。」

畏懼魔女教的潛在人數愈多，各地也越多幻想出來的魔女教存在。

那樣的恐懼以向騎士團密告的形式聚集，結果正牌情報的價值便因此稀薄掉而消失。這樣根

本是本末倒置。

騎士團的怠慢和魔女教的邪惡，正是箇中原因。

騎士團應該要不懈怠地清查上繳的情報，魔女教教徒的存在本身除了禍害以外什麼也不是。打出的牌全都告吹。昴這麼理解。

「既然要聚集戰力是不可能的話……雖然惱人，不過沒辦法。」

「怎麼做？」

「決定了。先回宅邸。回去把愛蜜莉雅和拉姆帶出來。看是要到王都還是羅茲瓦爾去的地方都可以。總而言之，那裡很危險。」

貝特魯吉烏斯的笑聲在腦內甦醒，昴懊惱地震動拳頭。

即使很想粉碎那張像骷髏的嘴臉，關鍵的手卻碰不到他。假如選擇以現在的戰力挑戰，就無法避免讓雷姆出馬擔任前鋒。

——只有這點不行。自己沒法再忍受。

昴的行為，昴的思考結果，都不考慮讓雷姆受傷。

既然沒法準備和貝特魯吉烏斯作戰的戰力，那就不要跟他們起衝突。這樣也就沒有失去雷姆的選項了。

內臟如今也被殺意煮沸，無止盡的憎恨詛咒在頭蓋骨內喋喋不休。

「其實，昴。關於為了回宅邸的龍車……」

「——籌措上有困難吧。這樣的話。」

面對鬼氣逼人的昴，雷姆難以啟齒地提出意見。點頭回應她的擔憂，昴攤開安娜塔西亞給的紙片。上頭如她所述，寫有店鋪的名字和簽名。

在吃了一記慘敗的談判中，昴靠憐憫獲得的戰利品。

「拿著這個到這家店，應該不會有什麼壞事。只有這點可以肯定。」

「真的嗎？那東西是從哪……不愧是昴！」

「不愧？不愧嗎。……哈哈，雷姆真有趣。」

「——？」

雷姆不知紙片到手的來龍去脈，所以話中應該沒有諷刺也沒有惡意。

儘管如此，昴還是忍不住發出乾笑。

「沒時間了。立刻出發吧。」

帶著困惑的雷姆，昴朝著被告知的店鋪位置踏上街道。

紛擾的雜音叫人不耐，昴邊咂嘴邊踩著泥土。

「還有一天半——現在從王都出發的話，三天之內就能抵達宅邸。這麼一來，應該還有時間帶愛蜜莉雅他們離開。」

回想第一輪的世界，昴反覆確認時限。

沒法肯定說一定是這樣，是因為第二輪世界的記憶不甚清晰。應該要拿來比較確認的時間，被菜月・昴浪費掉了。

「第二輪……可惡！我到底是腦袋壞了幾天……!?」

用力抓頭，罵著沒用的記憶和自己，持續往前走。

他的後方，是跟不上腳步而在拼命配合他速度的雷姆。

雷姆的樣子，忘記回頭的昴根本沒有察覺。

第三章　『白鯨之顎』

1

在安娜塔西亞的介紹下租到的龍車，是至今所見過最大型的。
以巨軀自豪的地龍用後腳用力蹬地，邊發出地鳴邊衝過草原。
「體型很大，速度……差強人意，不過這些灰塵不能想辦法嗎？」
揚起的沙塵造成視野模糊，坐在駕駛台上的昴瞇起眼睛。
「原本好像是用來搬運貨物的地龍，所以跑步的方式不會顧慮到乘客，只有強化速度而沒有接受平靜奔跑的訓練……」
「畢竟是最後一台，又沒休息一直跑，實在不好多要求啦……不過蠻吃力的。」
所幸，沙塵的影響在地龍的加持──這個世界特有的、個人或種族被賜予的特別之力下被避開，不過視野差導致的煩躁卻無可避免。
昴勉強仰望會產生變化的天空。流動的雲和慢慢改變角度的太陽。那些都意味著時間過去，不斷烘烤昴的心。
──跟以前相比，應該是朝優勢方向行動才對。
雖然沒能得到援軍，但龍車第二天就出發是很大的變化。半天就穿過街道，第三天早上應該就能到達宅邸。跟第一輪的世界比起來，得到了超越半天以上的猶豫時間。

帶愛蜜莉雅她們離開宅邸逃離魔女教的追殺，時間上夠充分。

「問題在……有可能像上一次那樣，途中遇到魔女教教徒。」

在朦朧的第二輪世界記憶裡，意識清晰覺醒是在洞窟內。假如那是發生在回宅邸途中，那這次也可能會發生同樣的事。

考量到雷姆被殺，抱著她的屍體離開洞窟花了將近一天的時間。

「那些傢伙，幾天前就潛伏在宅邸周圍了。」

只是，日期還不清楚。

悲劇是在第五天早晨造訪。在第二輪的世界，假設恢復正常的昴離開洞窟花了一天半，那遇到魔女教的時間帶就是從第三天到第四天。

「也就是，就算預定明天早上抵達，也沒法消除遇到他們的可能性……！」

血液在不知道第幾次的咬牙下滲出。

昴斜眼瞥向握著韁繩專心駕駛的雷姆。

要是遇到魔女教，又得仰賴雷姆才能脫身。

有想過事先跟雷姆坦白可能會遇到魔女教，但準備要說出口時，卻又發現自己發不出聲音。

告知他人用『死亡回歸』得到的情報，就會得到懲罰。所以畏懼——但不是那樣。

確實是很怕被給予的痛苦。被別人捏心臟的痛楚，不是正常人可以忍受的。那真的痛到讓人不想再去品嚐第二次。

但是，昴現在不敢說魔女教的原因不在痛楚。

而是其他更無可奈何的理由。

——雷姆真的會相信昴說的話嗎？

「——唔！」

光想背脊就一陣寒顫，昴抱著肩膀試圖忍受。

心跳快到不合理，嘔吐感壓迫內臟。極限狀態的壓力，以及整晚沒睡的肉體疲勞，正在侵蝕昴的精神和肉體。

對現在的昴而言，這個世上最能信賴的就只有雷姆。

連愛蜜莉雅都捨棄自己，又接連被庫珥修、普莉希拉和安娜塔西亞無情對待的昴開始疑心生暗鬼，沒法不去懷疑所有人。

因此，現在的昴就只有雷姆。

能夠寄予全盤全面的所有信賴，毫不遲疑喚作同伴的就只有雷姆。

要是對這樣的雷姆闡明魔女教的事，而她的表情因疑慮而悶悶不樂的話自己會變怎樣？昴光想就覺得害怕。

「現在是害怕的時候嗎……」
試圖驅趕膽小的心情，但聲音卻沙啞到像在吐氣。比呢喃還要細微的聲音被地龍發出的地鳴蓋過，沒法傳到自己的耳朵裡。
就算怕到這樣，也必須開誠布公。
因為昴丟掉性命重回這裡，是為了抓住最好的未來。
「雷、雷姆……那個，我有話……」
「昴。——前方有人聚集。」
「咦？」
追隨雷姆瞪著前方的視線，在塵埃的對面看到好幾道影子。
該不會是魔女教的埋伏吧？昴戰慄。
過早發生的事態令昴愕然失聲。面前模糊的影子逐漸有了輪廓，不久就化為清晰的形狀。那是——
「喂——！停一下龍車，交換情報好嗎——！」
影子站在路中央揮舞雙手，大叫要龍車停下。
臉部瘦長又一頭灰髮的人物，是旅行商人奧托・思文。

2

「唉呀—太好了。這個時期去王都的人很多，可是反過來的人卻很少。所以我才想問問離開王都的人是怎麼回事呢。」

迎接停下龍車的雷姆和昴，奧托搓著手帶著笑臉這麼說。

沒有沉溺在酒精中，也就沒有厭世的慘不忍睹樣。順帶一提也沒受傷的樣子，有種旅行商人奧托如常存在的感覺。

在第一輪的世界扔下拼命制止昴前進的奧托的記憶復甦。為了掩飾尷尬，昴看向奧托的身後。

「聚集在這的，全都是旅行商人還是其他人？」

「不是其他，全都是商人。大家都是想在王都大賺一票的貪心人。」

面對詢問，奧托和藹地笑著回答。

街道旁邊停靠多輛龍車，疑似車主的人全都聚在一起。數量約十輛上下，車主的年齡層從年輕到四十歲都有。

估量奧托和昴已經打完招呼，他們就聚過來像是包圍兩人，各自報上名號開始丟出話題。內容主要是王都現在的狀況，以及王選前後的變化。還有就是貨幣價值的變動和市場的氣氛等等，全都是商人在意的話題。

老實說，在這停下腳步的時間也很寶貴。但因為可以確認奧托平安無事，所以打算在話題告一段落時才離開。不過⋯⋯

「您們接下來就要出發了？已經要晚上了，很危險耶？我們今晚打算在這紮營，不嫌棄的話要不要一道？」

如奧托所言，太陽已經沉入西方，夜晚悄悄接近街道。

再過一陣子，魯法斯街道就會被夜色侵吞，視野中能仰賴的光源將只剩下星光和結晶燈這類微小的光芒吧。

旅行商人們已經開始在做紮營的準備，在中央焚燒光亮的篝火。

即使是會現身在街道的野狗或強盜，面對這麼多人也無法出手吧。只不過，這些安全時間對現在的昴而言也很寶貴。

「講是這樣講，奧托你只是想減少錯過進場時機的庫存油吧？少裝得那麼親切！」

正打算拒絕邀約，商人集團裡就發出奚落奧托的譏笑聲。聽到有人這麼說，笑聲立刻傳開，被當成靶子的奧托扭曲嘴唇一臉不高興。

「我才沒那個意思咧，單純是出自於善意。唉喲，煮食和燈籠，不都稍微會用到一些油嗎⋯⋯是不能說我沒那個念頭啦。」

「你的油，怎麼了嗎？」

看奧托垂頭喪氣，嘴巴卻又不服輸，雷姆發問。

「沒有啦，只是一時疏忽。目前我囤積了大量以商品來說價格微妙的油。其實本來是要運到北方的古斯提克大賺一筆的，可是現在該如何減少赤字成了攸關我生死的事……」

用傷腦筋的方式換取同情，把油賣出去好彌補損失——這種程度的想法早被看穿。

雷姆也知道吧。即使同情，也僅止於形式上的安慰。

「就算去王都，這些油能否全部賣掉都還不確定。假如只能廉價拋售，那我就破產了。——破產了。」

因為很重要所以講兩次，但昴現在沒有可以豪邁地說『那油我全買了』的善意。在第一輪的世界是因為受他照顧，但正因如此現在更不想連累到他。與其祈禱奧托的前途，現在要以自己和雷姆的前途為最優先。

眼下必須奔過夜晚的街道，盡早進入梅札斯領地。正要說出道別的話時——昴突然想到。

假如信賴沒法策動什麼，那用錢應該可以吧。

「奧托，我有話……不，我要跟你談生意。」

突然抹去表情、氣氛一變的昴令奧托瞪大眼睛。不過從聲音感受到昴不是在開玩笑吧，身為商人的他立刻端正姿勢。

「既然是生意就儘管說。客人——您有什麼需求？」

「你龍車上的油，我全都買了。相對的要借我交通工具。」

昴指向奧托的地龍——眼熟的龍車，接著攤開雙手，用正在準備紮營的商人也聽得見的音量大喊：

「這裡的商人和龍車——願意收錢賣我交通工具的傢伙，我全都買了！」

3

昴所帶來的『生意』，一開始只讓商人們相視而笑。

但是，當察覺到昴的意圖的雷姆將裝有盤纏的袋子打開來，讓大家看到內容物後，原本以為是玩笑話的男人們臉色為之一變。

接下來以奧托為首，願意做這筆生意的人都來排隊。

結果，在場的十四名商人裡頭，有十名決定同行。一開始進展遲緩的磋商，在奧托分配賺頭的提案下完美地塵埃落定。

「擁有大型龍車的四個人，負責搬運所有人的行李。日後由王都的工會來分配利潤。也就是協調跟著菜月先生這邊的人的運費和工資。」

匯集所有人意見的奧托，獲得同行代表的地位。這可以說是他掌握千載難逢的機會下拼命的結果吧。

「您肯買下油我很開心，不過租用其他龍車又是基於什麼目的呢？」

望著搬運行李的同行，奧托詢問雙手抱胸在意出發時間的昴。聽到這問題，昴摸自己的下顎。

「接下來我要回梅札斯領地。我目前在梅札斯邊境伯那兒擔任男僕。」

「我知道喲。有『亞人興趣』的羅茲瓦爾・L・梅札斯邊境伯。即使在擁有爵位的露格尼卡貴族當中，人品也十分獨特。」

這樣的評價拉姆聽到會發火吧。不過昴對此只是聳肩道：

「唉，沒法否認啦。有點變態是事實。」

「我們是在談您的雇主呢。不對，正因為期待這樣的答案才會提這個話題。不過怎麼說呢，菜月先生看起來不像貴族的佣人。」

「我還在實習。及格的就只有裁縫和鋪床而已。」

「不管怎樣，我相信您是那位邊境伯的隨從……請問龍車是要做什麼用的呢？邊境伯應該有自己的龍車吧？」

奧托的打探，就是質疑昴真正目的的證據。

「就我剛剛說的，我需要的是數量。能載人的龍車越多越好，可以的話我希望龍車裡頭空空如也。你的情況我買的是油所以沒辦法。」

「這我十分感謝。所以，請問要運送的貨物是什麼？」

重複發問的奧托，似乎沒有懷疑昴的身份。只是好像很在意要運送的貨物危險度，所以才打破砂鍋問到底。

「──────」

沒必要撒謊欺瞞。招來懷疑導致好事中斷的話可叫人受不了。

「運送的貨物是嗎，是人。」

「買賣人口的話還請高抬貴手喲!?」

「我沒在做那種副業啦。邊境伯宅邸的附近有個村莊。村子很小，所有村民加起來不到百人。我想讓他們坐上龍車離開。」

——那是昴忽然想到的、雇用奧托他們的理由。

昴和雷姆搭乘的龍車是搬運貨物用的大型龍車，就算搭載十個人也可以跑。若是有許多輛這樣的龍車，就有可能讓所有村民都離開。

「您說的不是搬運屍體吧。若是的話雖然非常遺憾，但這生意……」

「……就是為了避免那樣，才要帶你們去。」

過於著急何時能見到愛蜜莉雅，反而忘了村民。

自己的思慮短淺到叫人厭煩，不過在這遇見奧托他們可說是少有的幸運。偶然和命運，難得好意帶給昴幸運。

「其實最近，邊境伯宅邸周邊將會進行大規模搜山狩獵。」

「搜山狩獵？」

「那一帶從以前就棲息很多種魔獸。至今都有結界區分人與魔獸的生活領域……不過前些日子，魔獸越界使得村莊有人受害。」

「所以才要搜山狩獵嗎？可是……」

昴的說明會不會是個圈套，奧托緊咬這點不放。昴默默地捲起自己的右手袖子，給他看魔獸留下的殘酷傷疤。

看到利爪獠牙留下的深深撕裂傷，奧托小聲倒抽一口氣。除了這些，昴的身上還有許多不會消失的疤痕。

「承蒙邊境伯的好意，讓垂死的我在王都接受治療。現在治療告一段落，就想說回去報備。」

「原、原來如此……這樣啊。不對，既然如此，為何邊境伯不自己出馬，而是要由菜月先生在路上籌備龍車……」

「邊境伯不打算移離居民，想要迅速收拾魔獸。可是，看過我的身體就知道，魔獸不會乖乖聽話。所以我只是想買個保險。不是信不過主人，只是遵照經驗法則。」

低垂眼簾的昴老實告知，奧托小聲呻吟後沉思。然後，

「明白了。踏進您不想被探問的領域，真的很抱歉。我會在不觸及您的傷的情況下向大家好好說明的。」

不放心地看著昴，奧托那張老好人的臉上浮現苦澀。上頭沒有任何意圖，單純為追問到昴的傷感到懊悔吧。

從商人的表情急速轉為好人的嘴臉，你也太天真了啦。昴心想。

「用不著放在心上。為免大家也懷疑，直接跟他們這樣說就好。」
「既然您這樣說的話，就不客氣了。您這性情很吃虧呢。」
如此揶揄昴的判斷，奧托的臉上卸下提防，笑了。
在內心這麼辯解的自己，一定是個壞蛋。

——我沒有撒謊。只是沒有全部坦承。

4

一切都準備就緒，揮別營地是在兩個小時後。
和運走行李的四台大型龍車道別後，昴一行人就馳騁在夜晚的街道上。
前往梅札斯領地的有十一輛龍車。可能會擠一點，不過夠把村民全部接出來了吧。
「半夜也一直跑的話，進入梅札斯領地會是早上吧。」
駕著龍車並排而行的奧托，從旁邊這樣說。
相鄰的龍車能夠普通對話，也是多虧了地龍的『除風』加持效果。不受風和搖晃影響的效果，沒想到也擴及到這種事。
「沒好好休息一直跑，真抱歉唷。」

「不會不會！沒什麼好抱怨的。您不但幫我處理了庫存品，連運費都翻倍計算，現在的我可是無敵。就給他跑個三天三夜吧！」

「不會是要談完生意就立刻倒地呼呼大睡吧？」

「唉咿!?您會讀心嗎!?」

必說的笑話被搶先破梗讓奧托很狼狽。昂把視線從他身上移到坐在自己旁邊、握著韁繩的雷姆身上。從凝視行進方向的側臉上看不出感情。這對昂來說多少有點不愉快。

「──昂。」

「……啊，嗯，怎麼了雷姆。有什麼事嗎？」

「沒有。因為很安靜，雷姆想昂是不是累了。雖然沙子導致視野變差，不過因為有其他龍車所以不會走錯路。如果想睡的話沒關係，就睡吧。」

「很想順著妳這話去做，不過只讓雷姆辛勞我就太難看了。」

「可是，昂才大病初癒。」

雷姆顧慮、為自己找藉口的姿態讓昂閉上嘴巴。

說話方式很溫柔，但意志堅定態度頑固。昂十分清楚，雷姆只要辦得到就會想要盡量減少昂的負擔。

每次被她這樣真心誠意竭力對待，就會因為不知道雷姆的意圖而感到害怕。刺在胸口拔不出來的刺的實體是什麼，讓想知道和不想知道的心情矛盾地扭曲在一起。

「雷姆，我……」

「是。」

雷姆淺藍色的瞳孔凝視昴。那透徹的眼眸叫人窒息。

想用沉默帶過迷惘和猶豫，但昴搖頭趕走這個想法。

既然懷疑雷姆的意圖會帶來痛苦，那攤開來講一定比較好。

「雷姆，你對我做的事都沒有疑問嗎？我什麼都沒跟妳說明。不管是魔女教的事，還是雇用這些商人的事。」

不負說明責任，還昧於雷姆的溫柔。昴有這樣的自覺。正因如此，毫不質疑也不反駁只是順從的雷姆，反而讓昴很不安。

面對昴的提問，雷姆閉上眼睛。

「羅茲瓦爾大人吩咐，在王都要尊重昴的行動。」

結果，雷姆用凍結感情的佣人臉孔回答。

「────」

這答案讓昴說不出話來，表情僵硬。

「因為羅茲瓦爾……吩咐……？」

「是的。沒有具體指示要做什麼。不過，在王都不論做什麼，都要順從昴的方針。雷姆也只是盡可能這麼做。」

「羅茲瓦爾的命令……」

雷姆的話沒法順利進入昴的腦袋。

他的腦中只是淡淡重複羅茲瓦爾下命令給雷姆這件事。

雷姆沒有對昴的行動唱反調而是默默順從，是因為主人這麼指示。

亦即，雷姆至今的行為，都不是她的本意。

不對，豈止如此。雷姆會像這樣待在昴的身旁也是囉。

「昴？」

雷姆盯著沉默不語的昴看，漂亮的眉毛靠攏在一起。

連這樣的擔心眼神，現在的昴都無法直接承受。

「我、我不要緊。什麼事都沒有。」

搖頭後逃離雷姆的視線，昴用敷衍的回答粉飾平靜。

像這樣關懷自己，支撐快要倒下的自己，待在孤立無援的自己身旁，全都是因為羅茲瓦爾的命令。

講得更極端點，雷姆根本不是真心認同昴的作為。

「——嗚。」

猜疑導致胃液上湧，昴硬生生吞下充滿口腔的酸水。嘔吐感失去去處，換膽怯與虛脫在體內瘋狂肆虐。

手腳麻痺，視野閃爍，大腦癢得受不了。好想立刻剖開頭蓋骨，手指插進裡頭用力抓癢。呼吸在這樣的衝動下變得急促。

不想去思考任何事。什麼都不想去想。

越是思考，越是回想，越是渴求，想要的東西就越是遠離，理想變成夢想，希望被替換成絕望與失望。

「昴，你睡著了嗎？」

討厭。已經受夠了。

不想去想。不想去懷疑。不想去相信。不想被背叛。

抱住頭，阻擋來自外界的所有反應，將自己封閉在裡頭。

雷姆又呼喚了昴的名字幾次，不過確定沒反應後就放棄呼喚，視線再度回到街道上。

這個時候，昴終於在這個世界上，變成孤零零一人。

5

「——昴。對不起，請起來，昴。」

在呼喚中，意識產生被搖晃的感覺。

有人在搖晃肩膀，自我從無意識的深淵處覺醒。用手揉眼皮睜開模糊不清的雙眼，眼前映照出熟悉的少女臉龐。

「……雷姆啊。怎麼了？」

一確認是雷姆，就想起睡前的對話。胸口頓生悶痛。

沒有察覺到昴煞費苦心地在忍痛，雷姆歉意十足地低頭，為叫醒他一事道歉後說：

「差不多應該要到街道的岔路路口了。雖然暗但有個不會看漏的標記，所以應該不會有問題……可是還是想先確認剩下的距離。」

周遭充斥深沉的黑暗。連近在身旁的雷姆表情都很模糊。照明就只有掛在地龍脖子上的結晶燈，還有裝設在龍車上的簡易照明而已。

和夜視力敏銳的地龍不同，這樣的亮度對人類來說不夠充分，根本沒法看清手邊的狀況。

「我知道情況了。不過，要我做什麼呢？」

「雷姆想檢視地圖，可是又不能放開韁繩……地圖放在昴腳邊的行李裡，請幫忙拿出來。」

「腳邊，這個嗎。」

在黑暗中，把沉重的行李袋拉起來放在大腿上，手伸進裡頭尋找，卻找不到目標物。

「不知道哪個是地圖耶。是說，這麼暗根本就沒法看地圖吧？」

「用不著擔那個心……又沒法這樣斷言。也是，怎麼辦呢？」

「這個嘛，怎麼辦咧……不，等我一下。」

悶悶不樂的雷姆，讓昴的腦裡突然閃過一個點子。

他再度搜尋腳下，拿起另一個行李袋──裝有昴私人物品的袋子。

「找到了，哦。」

從那拿出冰冷堅硬的感觸，伸向雷姆的臉。在瞪大雙眼的雷姆面前，昴久按手機開機鈕。

「好一陣子沒開機了，電池不會沒電了吧。……哦。」

緊張了一瞬間後，螢幕浮現『開機中』的字樣。接著過了一秒，昴的手邊就發出刺眼的光芒。

大放光明的景象，讓雷姆驚訝地盯著昴看。

「昴，這是？」

「失傳的失落科技產品，不對，是未來科技的手機。電力勉強還在的樣子，該說幫了大忙嗎。」

只有在被召喚到異世界的第一天大為活躍，之後都被關機的手機。

是昴帶到這世界的少數物品之一。其他還有幾樣私人物品，但以實用性而言手機是出類拔萃的逸品，只不過有電量這個限制條件。

「不過，還真沒想到第二次的活躍是用來當手電筒呢。」

用在跟原本的用途不一樣的地方，昴靠著文明之光照耀行李袋裡頭。結果一下子就找到地圖，拿出來打開後放在雷姆的大腿上。

「我用這個照著，妳看地圖吧。」

「好的，謝謝。」

「菜月先生，那是什麼？沒看過的道具耶。」

興致盎然的奧托從旁邊探頭。讓龍車並排跑在左邊，拉長身子的他歪起脖子。

「沒看過的結晶燈……不對，看起來不像結晶。好像是我不知道的素材。」

被奧托的樣子影響，右側也並排一輛同行的龍車。頭上裹著一張頭巾的壯年男子眼神綻放光彩，視線直盯著昴手中的手機瞧。

平常的話他們的反應會讓昴心情良好到耍嘴皮子和吹牛吧，可是很遺憾的，現在的他沒有閒情逸致這麼做。

「抱歉，這是邊境伯持有的秘密道具。知道得太詳細的話可能會下落不明。建議還是忘記有看過比較好。」

「嗚哇啊，是什麼咧，那個只有錢味的內幕消息。」

好像反而讓奧托產生興趣，不過沒必要進行對話蒙混過去。在那之前，看完地圖抬起頭的雷姆點頭，說：

「再往前走一點應該就能看到富魯蓋爾大樹。從那邊往東北走，就能進入梅札斯領地。」

「富魯蓋爾大樹？」

聽到生疏的單字，昴疑惑道。奧托豎起一根手指侃侃而談。

「所謂的富魯蓋爾大樹呢，就是位在魯法斯街道正中央高聳入雲的大樹的名字。實際看到就會被他的巨大給嚇著。據說是數百年前，名叫富魯蓋爾的賢者親手種下的樹喔。」

「所以才叫富魯蓋爾大樹啊。為什麼那個賢者要種樹咧？」

「不知道，畢竟是幾百年前的事了。而且富魯蓋爾賢者除了種樹以外做了些什麼不太有人知道。雖然被視為賢者卻是個謎一樣的人物。」

「那算什麼。功勞不明的偉人嗎。」

奧托的說明讓人感覺賢者的人生燃燒得很不完全，但是雷姆和其他商人都沒補充，代表他的功績真的沒有流傳下來。

品嚐這種想法十幾分鐘後，看到話題中的大樹，昴大吃一驚。

「原來如此……這確實只能說是雄偉。」

威風凜凜地朝著夜空伸展枝椏的大樹，帶著壓倒性存在感俯瞰昴他們。

大樹的碩大，拿原本世界有千年樹齡的神木來比都還比不過。根據奧托所言，這棵大樹的樹齡只有幾百年，不過這世界的植物成長速度實在差太多了。其雄壯高大讓人忍不住抱持敬畏之心。

不是在茂密的森林裡，整座平原就只有這麼一棵大樹紮根。作為魯法斯街道的標記，沒有比這更醒目的存在了。

通過悠然佇立的大樹旁邊，龍車按照地圖朝著東北走。縮短到梅札斯領地的路程的同時，逐漸遠去的大樹讓昴感到依依不捨。

「搞什麼，現在可不是感傷的時候。是說，唉喲？」

既然還有心力去感傷，那不如用手機拍張照。邊這麼想邊坐回駕駛台的昴，在意識離開大樹後察覺到不對勁。

「剛剛跑在右邊的頭巾大叔到哪去了？」

對昴的手機產生興趣，並排跑在右邊的龍車主人不見了。

想說是不是緊急煞車還啥的才落後，可是確認過後方，卻只看到一直跑在頭巾大叔後方的龍車，整個隊伍就只有他不見了。

「不會是看大樹看到著迷而脫隊吧。」

「怎麼了，菜月先生？在找什麼嗎？」

「還找什麼咧，你們的同伴啦。剛剛還跑在這一邊、綁頭巾的臭臉大叔跑哪去了？現在可不是童心大起爬樹的時候耶。」

挖苦悠哉的奧托後，昴責備自己人的漫不經心。

但是，被昴的焦躁撞擊的奧托卻一臉錯愕，簡直就像是不懂自己為何被罵，還歪頭說：

「您在說什麼呀，那一邊本來就沒人啊。」

「——啊？」

無法理解他回答的意義，昴愣到嘴巴打開開。

「你在說什麼？剛剛他不是還跟你一樣對手機產生興趣一直盯著看嗎？」

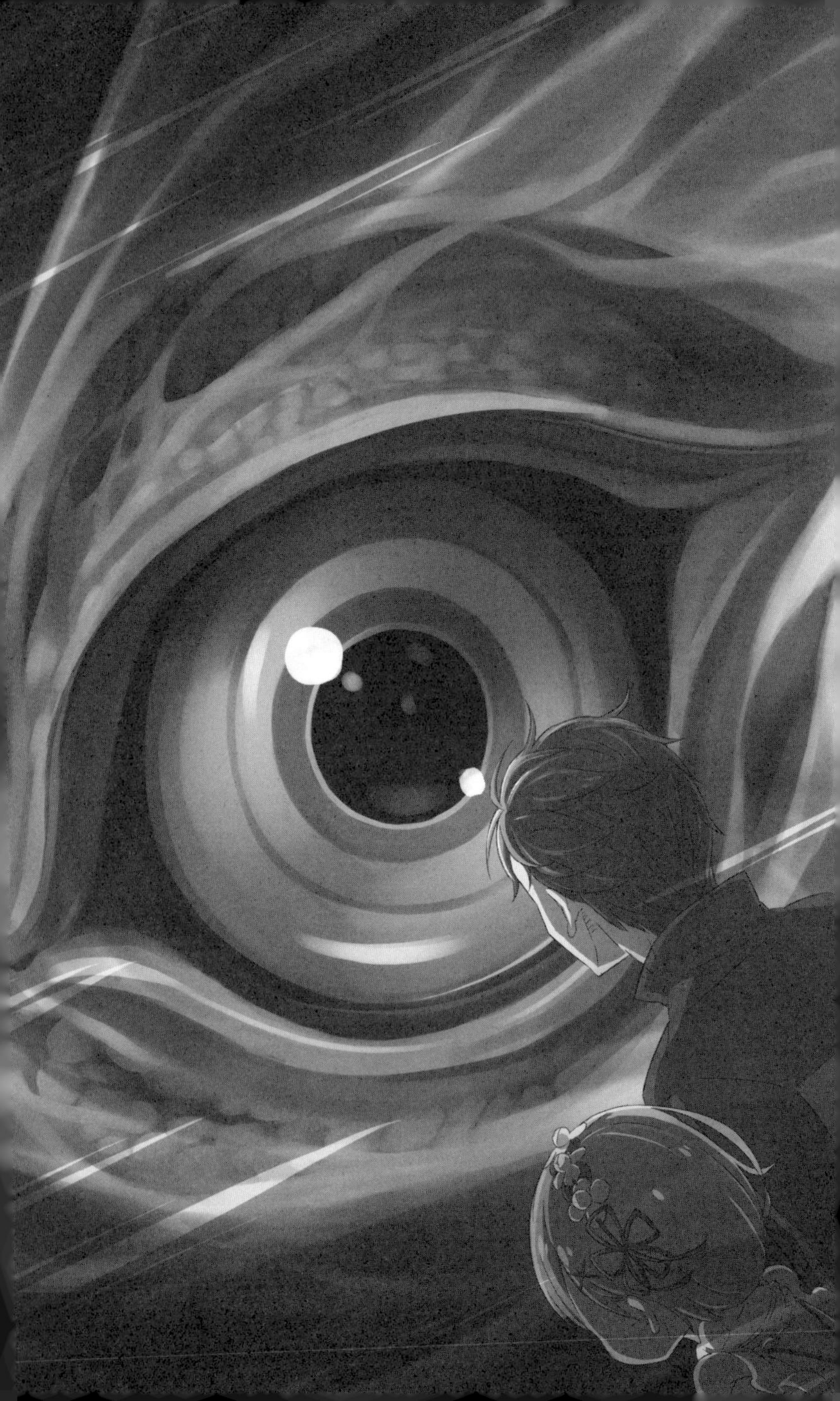

「啊，那個叫手機啊。是說，聽到那道具的名字的我人身安全有保障嗎？我不是很想下落不明或怎樣……」

「不要打哈哈！」

昴喝叱以為自己在開玩笑而輕鬆帶過的奧托，接著再度往右看，可是那兒依舊只有空蕩蕩，見不著應該在那的存在。

「——？」

這時，瞪著虛空的昴，視野突然開始朦朧。

簡直就像眼前被霧靄罩住似的不鮮明感。昴眨眼數次，卻還是無法拭去那股不協調。空虛的黑暗就這樣與昴他們的龍車並肩而行。

那黑暗實在叫人不安，沒法不覺得毛骨悚然。

所以，昴打開折疊式手機，用光芒驅趕那份空虛。

本來是要找原本在那的人，然後確認這份無法消除、離奇莫名的感覺的真面目。

結果，在照耀黑暗的光芒中——

「……啊？」

昴和出現在虛空中的巨大眼睛對上視線。

緊接著是轟然巨響的咆哮，接著霧氣籠罩魯法斯平原。

——魯法斯平原起霧了。

6

沐浴在飛濺水花的風中，昴還以為自己被人從正面毆打。

「——呃！」

身體被暴風撞擊，飄起，眼看就要被扔下駕駛台。立刻伸長的手指沒抓到任何東西，昴的身體即將朝黑暗中直直滾落——接著。

「昴!!」

後方衣領被抓住，強行把昴往正下方壓。屁股掉到座位上，火花四射的視野裡，看見了邊壓住昴邊操縱韁繩的雷姆。

雷姆張開嘴巴，摒棄平常的撲克臉，死命吼叫。

叫出的聲音化為詠唱，瑪那遵從雷姆的意志凝聚起來，轉變為魔法。

誕生出來的，是與昴差不多長的冰槍。

三根冰槍眨眼間在空中出現形體，像箭一樣迅猛地射出去。

衝過大氣的冰槍，發出岩石撞擊鋼鐵般的聲響命中目標——然後被眼前的黑暗打碎。

「哦、哇啊!?」

緊接著，脖子又被抓住，這次整個人被一口氣往上提。

往上飄的視野中可以看到遠去的座位和龍車。地龍沒有察覺乘客消失，依舊揚起塵土死命地跑在黑暗的街道上。

下一秒，從側面撞過來的龐大質量將龍車連同地龍一同打成碎屑。

搬運貨物用的堅固車體像紙片一樣被撕裂，用力踩踏地面的大型地龍在衝擊下四分五裂，噴灑完鮮血和內臟後化為肉片。

超脫現實的光景，讓昴的思考一片空白。

「往左──!!」

近距離聽到像破口大罵的聲音，一秒後身體墜落在堅硬的地板。肩膀和腰部產生的悶痛，把昴的意識從空白拉回現實。

可是接二連三襲來的衝擊讓人沒有抬頭的從容。

坐進的龍車緊急轉彎，昴在離心力下跟著旋轉，整個人倒在車斗裡，抓住手指勾到的繩子才免於被直接拋飛出去。

轉動脖子，才知道自己掉進了奧托的龍車。但也只掌握了這件事。

把用來固定車斗的繩索繞在手腕上，在搖晃中試圖站立。

「不可以，昴！別站起來！『除風』的加持斷了。雷姆和昴在這都不能動太大！」

仔細一看，雷姆的右手戳進地板裡才得以固定姿勢。連雷姆強大的肉體能力，在這劇烈晃動中也很難保持平衡。

被撇除在地龍的『除風』加持影響外，侵襲的搖晃和威猛的強風都毫不留情地削減昴的體力。胸腔覺得不舒服，即使要站也站不起來了。

理解到這邊後，昴終於掌握住自己身上發生什麼事。

雷姆抱著昴，從被撞飛的龍車跳到奧托的龍車上。只要這個判斷慢了一下，現在兩人也會和破碎的龍車成為命運共同體吧。

「是、是怎樣啊!?那玩意到底是什麼東西!?」

區區幾十秒就發生伴隨壓倒性破壞的大慘況。

其密度之高，昴的腦袋根本追不上。

「您不知道嗎!?」

面對混亂的昴的提問，奧托發出像哀嚎的聲音。

轉過頭的奧托臉色蒼白，牙齒打顫指向空中。

「夜霧出現了！會在霧裡頭用龐大的身軀在空中游泳的存在就只有一個！」

像是確認又像是不想承認，有所抗拒的他嫌惡地搖頭，同時拼命將空氣送進因恐懼而痙攣的肺臟裡，然後卯足全力地叫喊。

「——是白鯨!!」

彷彿呼應奧托的慘叫，白鯨震響平原的咆哮撼動大氣。

——白鯨。

這個名字，昴應該只在第一輪的世界中聽過。

帶著霧氣堵住街道的怪物之名。

就是因為白鯨堵住街道，在第一輪的世界要回宅邸時必須繞遠路。會趕不上魔女教施暴的時間，白鯨也可說是原因之一。

可是之前昴從未見過白鯨，因此忘記牠的存在甚至輕視。不過，

「不會吧，竟然在這個時間點碰到!?」

這跟昴所知道的、因為白鯨出現所以封鎖街道的時間點吻合。

在第一輪的世界，昴出發是在第三天。當時街道已經因為白鯨的霧而封鎖。然後現在是第二天的半夜——白鯨出現要到早上才能傳到王都那，因此街道會在明天被封鎖吧。

會不知道白鯨出現，還直接撞上這威脅的狀況，只會發生在今晚。

「不會吧……竟、竟然遇到白鯨……啊啊，龍啊，龍啊，救救我……」

眼神空虛的奧托像念經一樣祈求龍的幫助。

別說戰意，連生機都喪失的模樣，讓昴親眼見到白鯨的存在帶給旅行商人們絕對恐懼的真實面貌。

在以前的世界，奧托有說白鯨對商人來說是凶兆的象徵。

儘管嘴唇顫抖、心神不寧，奧托還是繼續操縱韁繩。

他的地龍因為察覺白鯨的存在而陷入恐慌，以無視剩餘體力的速度踹擊地面，持續爬升速度。

直接品味到車斗狂速移動的晃動感，昂拚命地凝神望向黑暗。

白鯨的身影沉入夜色中，怎麼也找不著牠的巨軀。

「可惡……還以為是汗，沒想到竟然是霧……！」

額頭感受到有別於冷汗的液體，貼上去的手掌嚐到濕潤的觸感，令昂皺起整張臉。

本來就處在缺乏光源的黑暗中，現在又還起霧，要確保視野根本是不可能的事。

「雷姆！看得見白鯨嗎!?」

「太暗了看不見！不過……！」

後面，旁邊，上方，昂在視界裡尋找魚影。

雷姆悲痛地回應昂，但不知為何她接下來支支吾吾。

屏息的雷姆叫人在意所以昂看向她，不過在濃霧中只看得見輪廓看不見表情。霧氣已經濃到連手邊都看不清了。

「——————」

一開始，昂和應該是白鯨的眼睛對上時，牠的眼球大到就算昂伸長雙手都抱不住。

一顆眼球就這麼巨大。白鯨就如同名字，擁有足以和鯨魚匹敵的身體。

現實是那樣的怪物可以藏住聲音和氣息，自由地在夜空中泅游。

因為霧氣變深導致看不見白鯨，使得恐懼更上一層。
「不過，雷姆的先發攻擊應該有命中。……有可能擊退牠了。」
會太樂觀嗎？
在雷姆的詠唱下凝聚而成的冰槍威力，在昴至今所見過的魔法裡位居最頂尖，要是一次刺中一根，昴可以說就死了三次。
管牠是身軀多龐大的怪物，受重傷的話也是會害怕的吧。
「其他龍車怎樣了!?」
「應該是散開逃跑了。霧一出現就立刻分散逃逸。運氣好的話就不會被白鯨追，就有可能逃出白霧。」
這是一般遇到白鯨時的應對法吧。
原來如此，確實沒有龍車跟這輛車並肩而行。原本跟在後頭的其他車輛似乎都照著這條不成文規定散開逃竄了。
——失去好不容易籌措到的交通工具，這件事實讓昴緊咬牙根。
時間點太糟了。帶著所有村民逃走的方案再度瓦解。
「就算懊悔也沒用。總而言之，現在只要想如何離開這片霧……」
在內臟因搖晃而翻攪的過程中，昴先把逃脫後的問題擱在一旁。
眼前的絕境，減少的手牌。既然失去自己的龍車，那就只能靠奧托的龍車前往宅邸。所以說，現在要想辦法穿越這麻煩的霧——

「————!!」

眼前突然張開一張巨嘴，口腔裡頭排列著大如石臼的強壯牙齒。

咆哮轟然巨響，壓倒性的聲音暴力和氣浪嚇到地龍絆到腳，刮過地面。車輪懸空，龍車車斗大幅傾斜。裝有油的壺撞破車篷掉到外頭，抓住車斗車緣的昴也差點被甩出去。

昴拚命抓緊車斗，同時看到龍車正面是有著骯髒牙齒的巨大嘴巴正逐漸逼近，像要吞掉這裡。

到這一瞬間，昴終於理解到自己的認知太過天真。

現狀是遇到白鯨，徘徊在深沉夜霧中。

現在這剎那，進入了能否倖存的賭局。

「——喝啊啊啊啊啊！」

吞噬龍車的嘴巴迫近的瞬間，車斗的木頭地板因吼叫與衝擊彈飛。

雷姆踢碎地板，像子彈一樣朝前方跳躍。被暴風掀起的髮飾下方突出銳利的角，鬼化狀態的她揮舞自己隨身攜帶的帶刺鐵球，喊：

「——朝左走！」

「左邊左邊左邊左邊左邊左邊左邊！」

鐵球從正上方敲爛白鯨的上顎。烏黑的血幕噴出，張開的大嘴被強行合上。下顎撞擊大地，儘管如此巨臉的推進力依舊沒有消失。奧托專心駕馭地龍，順利讓龍車衝向旁邊。

奔馳的龍車車斗右側無法完全避開而擦撞巨軀，發出像是摩擦岩石的刮擦聲後被壓到變形撞飛。

沒了車輪的車斗大幅傾斜，失去平衡直接翻轉過來。

當然，上頭的昴無計可施，即將被扔向地面。

——會死嗎？

判斷太遲而招來死亡之前，混在轟然巨響中衝過來的銀蛇纏住昴的身體，強行將他拉離墜落的軌道，讓昴頭下腳上摔在駕駛台上。

然後，

「接、招吧————!!」

右手握著拉起昴的鐵球，用空著的左手破壞駕駛台與車斗的連結部位後，雷姆抓起被分開的車斗——頓時，載重增加到拉龍車的地龍痛到嚎叫的地步，然後大型貨物用車身被扔向後方。

雖說被削掉一半，但依舊是形同一座小屋的超大型質量彈。車身直擊錯身而過的白鯨側腹——扭動身軀的白鯨用尾巴拍擊，使大地和木材爆裂開來，灑落土塊。

「幹、幹、幹掉牠了嗎!?」

儘管不知道發生什麼事，但還是領悟到自己的龍車毀壞了大部分吧。支付這麼大的犧牲只求有等值的希望，這想法灌注在自暴自棄的聲音裡頭。

鳴動大氣的咆哮，和增加氣勢的宵闇之霧。以及從背後迫近、名為絕望的壓力打碎了他的希望。

「為、為什麼一直追我們……還有其他龍車吧!?」

吼叫的奧托詛咒降臨在身上的不幸。

譴責白鯨完全不理其他八輛龍車只攻擊自己的不講理。昴也非常贊同，但眼見奧托持續咒罵的樣子讓他的不平被拖進喉嚨深處。

棄子，或是替代肉盾——假如遇到魔女教的話，與自己同行的商人就是很好用的利用對象。昴覺得窺見了自己醜陋的一面。

「而且就算抱怨命運，狀況也不會改變……」

白鯨的威脅依舊逼近身後，在空中游動的巨軀速度遠勝龍車。

即使捨棄載貨車斗減輕重量，單靠地龍的奔馳被追上只是時間上的問題。

「快想快想快想，突破突破突破的方法。有什麼，有沒有什麼，有什麼……！」

就算死命運轉腦袋，卻還是想不到任何突破現狀的策略。被追殺的急迫感，在連腳邊都看不見的夜霧中，昴完全找不到任何方法。

而在把時間浪費在無所作為的期間，命運再度強加苦難的選擇給昴。

雷姆走近承受劇烈搖晃、緊抓車體的昴。明明同樣被震動翻攪，雷姆接近的腳步卻讓人感受不到這點。

「昴，請收下這個。」

「幹嘛!?妳想到什麼了嗎!?接下來要怎麼……」

以為對方想到脫離絕境的妙計而抬頭的昴，被雷姆塞了一個小袋子。沉甸甸的重量讓昴立刻知道那是盤纏袋。

現在，這種場合，這些錢派得上什麼用場嗎？

對雷姆遞出盤纏的行為感到一陣寒意，昴在臉頰貼上僵硬的笑容。

「雷、雷姆……？我知道扔錢是威力足以毀壞遊戲平衡的技能，不過那畢竟是在遊戲裡……」

「雷姆要下車迎擊白鯨。這段期間，請昴離開霧。」

想用玩笑話否定現實的昴，被雷姆毅然決然的聲音給打碎。

雷姆重新面向奧托，而不是昴。

「奧托大人，昴就拜託您了。約定的報酬已經交給昴。——請脫離霧，向梅札斯領地報告白鯨出現。」

「報、報酬……？現在這種時候，命比較重要吧!?」

沒有聽見兩人對話的奧托如此回答。儘管如此，看到他為了活下去而拼命駕駛龍車的模樣，雷姆就安心地嘴唇微綻看向昴。

「昴，雷姆腦袋不好，只想得出這個方法。請務必活下去……」

「等、等一下，雷姆！妳說要我們去通知領地白鯨出現了吧？妳該不會……沒打算活著回來!?」

昴拚命挽留做出悲壯決定的雷姆。

儘管黑暗的世界依舊高掛整片昏沉暗夜，但不知為何現在的昴就是覺得眼前的雷姆面部十分清晰。

「我不讓妳去！我不讓妳去！要、要是連妳都死了，我……！」

裝有盤纏的袋子掉到腳邊，雙手抱住站在眼前的雷姆的腰桿。

將小巧身軀抱在懷裡，挽留意欲離去的存在。要是放開手，雷姆就會豁出性命衝向白鯨。

只有這件事一定要阻止。不然的話——

「啊啊……」

在感情發狂衝撞、快要哭出來的時候，承受擁抱的雷姆吐出熱烈的嘆息。

聽見陶醉的聲響後視線下滑，懷中的雷姆正仰望自己，恍惚地微笑。

「雷姆是為了這一刻而活。」

「妳在說……」

什麼。可是卻沒法講完。

衝擊拍打脖子後方，天旋地轉的感覺襲擊昴。

原本伸手回抱的雷姆，用手刀敲擊昴的後腦杓。

力量脫離身體，昴像坍塌一樣靠向雷姆。

「雷、姆……妳做什麼……」

不只視野，連意識都快被龍車的晃動給吞沒消失。

即使連要抬頭都很困難，昴依然死命抓著雷姆。

而雷姆用慈愛的眼神凝視這樣掙扎的昴，接著嘴唇輕輕湊向昴的耳朵，朝遠去的意識一端送出耳語。

「沒事。因為雷姆永遠都會在昴的後面保護你。」

『妳什麼都不用做。跟在我後面就好。』

在今天早上出發前，跟雷姆這樣說的人就是昴自己。

所以雷姆就按照他說的，為了保護昴而站在後方。始終站在那。

「不對……我不是、那個、意思……」

「昴，雷姆——」

意識中斷。

感覺又被用力抱緊一次。

溫柔且柔軟的感觸貼在額頭上，又馬上離開。

而那就是最後了。

7

────

────

────啊。

被搖晃、衝擊拍打臉部的感覺不斷重複。

反覆的感覺喚醒空白的意識，昴回到現實。

抬起臉，想要撐起上半身卻被晃動阻撓。手一滑，頭又差點要撞擊地板，不過壓在腹部一帶的沉重質量勉強阻止其發生。

抵住腹部的堅硬壓迫感。伸手觸碰，確認那個感觸來自於塞滿金幣的袋子後，意識消失前的記憶穿過腦海。

「──雷姆呢!?」

「菜月先生!?您醒啦!?」

把肚子上的盤纏袋扔向旁邊，四肢著地的昴環顧周圍。世界還是一樣被黑暗包圍，劇烈的搖晃和聲響告知他現在在龍車上。

而察覺到昴跳起來，只轉動脖子看過來的人是奧托。坐在駕駛台上的他看向後方，朝著想要站起來的昴出聲。

「請不要動！您被敲到頭，而且現在沒有加持。地龍目前還在全力奔跑，沒法顧慮到菜月先生！」

「那種事無所謂！雷姆呢？雷姆怎麼了⁉」

怒吼回嗆的昴看遍駕駛台每個角落，尋找少女的身影。失去車斗而變小的龍車，根本沒必要看那麼多眼，就能知道上頭有誰。

儘管如此，在實際確認事實之前，都還是沒法承認這點。

「回答我，奧托！雷姆怎麼了……！」

「那位小姐……」

看到粗聲粗氣、現在亢奮到要撲過來的昴，奧托理解到拖延回答的危險性。

「為了讓我們坐的龍車逃走……她下車去迎戰白鯨了。」

失去意識前的對話不是作夢也不是幻覺，而是現實。

「——————」

他擠出來的話讓昴倒抽一口氣。接著，

「回去。」

「……啊？」

「我說回去！回去救雷姆，回去幫雷姆！現在立刻回去！」

昴跳上狹窄的駕駛台，揪著奧托的前襟。

現在光是要駕馭混亂的地龍就忙不過來的奧托，根本沒法應付昴的暴行。領口被抓的他面色鐵青。

「您、您是認真的嗎!?回去……您倒是說說回去又能怎樣！不都看見白鯨那種怪物的恐怖了嗎!?這根本是自殺行為！」

「就是因為近距離看到那隻怪物，才會說回去救雷姆的吧！」

面對抗拒命令的奧托，昴氣得青筋直暴、破口大罵。

白鯨的威脅，深深烙印在昴眼底。

那副巨軀以凌駕地龍的速度在空中游動，尾巴輕輕一揮就破壞掉大型龍車。即使在視野受阻的霧中也能確實捕捉獵物，連雷姆的魔法也沒法讓牠負傷。

牠毫無疑問，是昴在這個異世界中所看過的最大最強的敵人。

與那威脅相比，應付還在人類範疇內的艾爾莎，以及挑戰無數的沃爾加姆，還比較能找到簡單的攻略法。

但是要戰勝強大到如此地步的怪物，連要想像都沒辦法。

「雷姆也一樣……怎麼能放著她不管。要是那樣的話！」

鬼化的雷姆有多強悍，昴十分清楚。但正因為理解才敢這麼說：在白鯨面前，那樣的強勁沒有意義。

要是把雷姆丟在這，就真的會失去她。
那樣就沒意義了。那樣昴就算倖存也沒有任何意義。
昴所期望的未來，不能欠缺雷姆這存在。
沒有雷姆，昴會迷失自己，沒法肯定自己。因此會肯定昴的雷姆，有必要存在。
「你要犧牲她好爭取時間嗎！現在就回頭，奧托！不然的話……」
「您是不是腦袋有問題啊!?」
可是，昴的懇求卻被奧托的怒罵給蓋過。
揪著前襟的手腕被反手握住，下一秒背部就撞擊駕駛台。
「啊嘎！」
「在加持效果消失的狀態下，想憑力氣強迫一個人也能單獨穿越街道的旅行商人嗎？不要太瞧不起人了！」
扭轉抓著衣服的手腕，讓昴趴倒在地後把昴的手臂扭到背後。在做這些的期間，奧托的一隻手始終都握著韁繩。
「總而言之請冷靜下來！這就是您現在的狀態。這種狀態下的您能做什麼？您是想要白費那女孩、留下來的她的心情嗎！」
「你還敢提雷姆！捨棄雷姆……眼睜睜看她送死的你，有什麼資格稱呼她！回去！現在立刻去救雷姆！」

「啊啊夠了！講不通啊！拜託您冷靜一點啦！」

拼命掙扎、試圖讓被扭的手臂掙脫的昴令奧托咂嘴。他就這樣凝視前方，驅使地龍筆直前進，說：

「白鯨有多恐怖，您還不知道嗎！君臨世界幾百年的期間，有多少人說要殺了他！您知道嗎!?」

朝著講不聽的昴訴說，奧托鬱悶到面露愁苦。

「幾百名拿武器的人類去挑戰，都還殺不了牠！沒有武器沒有戰鬥能力的我們就算去到那，是能幹什麼！救出擋在牠面前的女孩!?我們連那種事都辦不到！根本辦不到！」

「吵死了！那種事，在做之前……！」

「那我說件能讓您理解的事吧！露格尼卡王國組成的討伐隊！連大征伐的時候，前代劍聖都被牠殺掉！根本沒人能戰勝那種怪物！」

在奧托拼命擠出的激烈表白中，遺憾和悔恨都化為顫抖表露出來。

奧托本身也對白鯨抱持深深的憤怒。儘管如此，那股憤怒的源頭・白鯨對人類的威脅太過巨大。

為了告訴不懂事的昴這點，他自己也不得不去自覺白鯨的龐大，然後品嚐消滅內心對抗意識的苦澀。

「劍聖……被殺……？」

聽到用盡靈魂的吶喊，原本聽不進任何話的昴氣勢瞬間萎縮。

劍聖——那是被召喚至異世界的昴曾親眼目擊、最強的人物方能被給予的稱號，對昴來說更是無人能及的『強大』象徵。

前代劍聖所體現出的『最強』，跟萊因哈魯特的強大並不相同。

可是擁有和萊因哈魯特同樣稱號的存在，被白鯨所殺。

「比萊因哈魯特…還強……？」

連最強的存在都無法匹敵的怪物，根本就是『最強災厄』的化身。

剛剛毫無根據推著昴一把的焦躁感急速消失。在失去那樣的後盾時，昴才察覺自己連站起來的力量都沒有。

「我在幹什麼……現在，可不是倒在這種地方的時候……」

想救雷姆。想救出她。現在不立刻回頭的話就無法實現這想法。

內心能夠理解，但關鍵的鬥志卻到不了手腳，甚至到不了靈魂。

放開扭住的手臂，奧托用憐憫的聲音說：

「我很弱，你也很弱，所以我們救不了那個女孩。——那女孩的強大，我們根本追不上。」

——可是，雷姆其實不強。

昴知道這點，明明知道卻又說不出來。

他垂頭喪氣任由身體被龍車搖晃。地龍繼續筆直地穿越夜霧。

扔下身後的雷姆，龍車遠去。

昴不斷地遠離雷姆。

「────」

就這樣，五分鐘，十分鐘，低著頭任時間經過時。

「菜月先生，那是……」

一直默默駕駛地龍奔馳的奧托，凝視著前方同時呼喚昴。慢慢抬起頭，昴爬向奧托旁邊，從那邊跟他看向同個方向──在黑暗中，看到朦朧搖晃的光芒。

「雖然被霧遮住……不過那是結晶燈的光！」

「穿過霧了嗎……？」

「就算穿越了外頭仍是夜晚的街道，有燈光太不自然了。恐怕是跟我們一樣被霧包圍的人……」

宛如為奧托的推測背書，對方同樣也注意到這邊而直直奔過來。十幾秒後，從霧的後方出現一輛龍車和坐在上頭的男駕駛。

「終、終於遇到人了……欸！這是霧吧!?是、是白鯨弄的吧!?」

壯年男子口吐白沫，如字面意思陷入恐慌狀態但還是拼死叫喊。

在夜霧中發現昴他們讓男子覺得就像遇到佛祖神明吧。悲痛的聲音難以否定這樣的推測，不過奧托點頭。

「對，是白鯨。我們已經遇過了。現在很幸運地逃出來，但在離開霧之前隨時都還有可能會遇見牠。」

「真、真的嗎……！啊啊，太糟糕了。為什麼、為什麼會遇到這種事……」

斜瞄抱頭不斷悲嘆的男子一眼，昴瞪向坐在隔壁的奧托。

因為奧托說的『很幸運』這幾個字，聽起來簡直就像忘了丟下雷姆的罪惡感。

「奧托，注意你說話的方式。」

「什麼意思呢，菜月先生？」

「我叫你講話別那麼輕浮！很幸運？開什麼玩笑。雷姆、雷姆是抱著什麼樣的心情讓我們……」

決定丟下雷姆的那一刻，昴跟奧托的立場就完全相同。儘管如此昴還是試圖藉由思念雷姆而憤怒的行為，來混淆自己的罪惡感。

昴很清楚。昴早就了然於心。

被留下的雷姆面對白鯨絞盡腦汁、用盡智慧而得以倖存——這種事，不過是妄想，連有希望性的觀測都稱不上。

雷姆在這片霧中，在這第三次的世界裡，再度為了救昴而死——

「雷姆？誰啊？」

而雷姆如此悲壯的覺悟與想法，卻被輕而易舉地背叛。

「──啥？」

「就是，那個叫雷姆的人是誰呢？在其他四散而逃的商人裡頭，應該沒人叫那個名字……請問您是在說誰？」

不明白昴發言的意圖，奧托歪頭表示不解。

這個褻瀆雷姆存在的舉止，根本就是踐踏她的高潔。

──揚起的拳頭用力地朝他的側臉揍下去。

車上的動亂頓時透過韁繩傳給地龍，龍車大幅左搖右擺。失去支撐的昴朝駕駛台後方倒下，被揍的奧托橫倒在駕駛台上。

奧托按著被打的臉，看向迅速起身又倒下去的昴。

「幹、幹嘛突然打人啊!?」

「別開玩笑了！」

昴的暴行讓奧托一臉不可置信地瞪大眼珠，但對昴來說奧托的言行才叫人難以置信。

「你說什麼……！竟然敢問我留下來好讓我們逃跑的雷姆是誰，開什麼玩笑！你是想被殺嗎……呃！」

「就說不知道您在說什麼了啦！搞什麼，突然就講些奇怪的話……是看到白鯨發瘋了嗎!?」

面對昴緊咬不放的言論，奧托堅持不知情。

憋不住的激情讓視野一片血紅。時間感覺過得格外的慢，噴發的殺意命令昴折斷眼前男子的細頸。

伸長手，扭斷這個忘恩負義的傢伙的性命——

「你們在幹嘛!?現在不是吵架的時候吧！總而言之趕快離開霧……」

看著兩人互相叫罵甚至發展成要殺人的情況，並肩駕駛龍車的男子雖然狼狽但還是出言喝叱。只是他的聲音沒有傳給氣氛險惡到極點的兩人。

阻止那醜陋爭鬥的，是男子的下一個動作。

「現在先以離開霧逃離白鯨為最優先——」

拼命用現實說服兩人的男子，身體被吸進從背後吞噬龍車的白鯨大嘴裡，一瞬間就從昴他們的視野裡消失。

將龍車和地龍整個吞入後，白鯨臉往上抬，咀嚼巨大的質量。

木材和鐵材被絞碎，肉被石臼般的牙齒磨爛，地龍發出臨死哀嚎。慘叫和破碎聲混在一起，同樣被做成絞肉的男子的聲音則是沒有傳到任何人耳裡。

「什、什——」

巨軀無聲接近然後蹂躪，嚇得昴和奧托都說不出話來。

再見白鯨威容，奧托雙腿顫抖，昴整個人呆掉瞪大眼睛。

「為、什麼……你會在這裡……」

還健在的白鯨，絲毫不理會旁邊渺小的兩人，專心地咂嘴享用口中的晚餐。

「你會在這裡，代表……」

為了吸引這隻怪物而留在現場的少女怎麼了？

壓倒性的存在出現在眼前，答案已十分明顯卻又不得不追求。

當然，白鯨不會回答這問題。咀嚼完的白鯨彷彿在鎖定下一個獵物，那大大的眼睛盯著旁邊的龍車——俯瞰著昴。

「嗚、啊啊啊啊啊——!!」

承受不了壓力、先陷入狂亂的奧托大叫。

地龍也因為白鯨的存在而恐慌，沒等主人下指示就提升奔跑的速度。但只有在一瞬間拉開彼此的距離，白鯨邊扭動身軀邊加快游泳的速度。

「為什麼為什麼為什麼……這麼執著？應該已經拉開距離啦……」

在加速的龍車上，被喪失感擊潰的昴癱坐駕駛台。連錯亂的奧托的悲泣，現在也是左耳進右耳出。

「搞什麼鬼，只追我們……！在這麼暗的、情況下……為什麼……！是有什麼、被當成、目標了嗎……！」

奧托邊啜泣邊把掛在龍車上的結晶燈拔下扔掉。

為了不讓白鯨盯上而做的無謂抵抗叫人不忍卒睹。但是奧托的叫喊讓昴的腦海浮現某個念頭。

對於固執追擊兩人的白鯨，奧托哭說是不是有什麼被當成目標。
假如白鯨那可怕至極的執著是有理由的話——
「該不會……」
從駕駛台探出身子，昴凝神朝游在身後的白鯨方向看過去。
悠游在夜霧中的白鯨，以朦朧的黑暗覆蓋自己的巨軀。可是，捨命做垂死掙扎的昴，微微確認到白鯨的臉部正面。
牠的頭部那兒可以看到長著一根歪斜扭曲的角。
——棲息在宅邸周遭森林裡的魔獸沃爾加姆，外觀看起來就像頭上長著角的大型野狗。而且據稱誕生自魔女之力的魔獸，會被昴身上散發的魔女氣味吸引而主動襲擊。也就是說……
「那個怪物……白鯨也是魔獸嗎……？」
道出難以置信的可能性後，昴為這無法接受的現實搖頭。
但是，這麼想的話一切就都吻合了。
在分散開來的眾多龍車裡，白鯨最早盯上昴搭的龍車的理由，以及昴改搭奧托的龍車後牠還是偏執狙擊兩人的理由。
雷姆抱著必死覺悟爭取到時間後，又繼續追這輛龍車的理由。
回想起白鯨在黑暗中緊追不捨之際，雷姆曾想說什麼卻又猶豫地沒道出口。其實雷姆在那個時間點，就察覺到了。

「是我的身體……在吸引白鯨嗎……？」

白鯨追著昴的存在，追著魔女的氣味攻過來。

雷姆比誰都先察覺到這件事，所以才為了保護昴而主動下車爭取時間。為了保護昴，就只為了保護昴。

「怎麼會，雷姆……我、沒那個……都怪我……！」

蜂擁而上的沉重壓力和悲嘆，讓昴掩面蹲下。

失去雷姆，讓雷姆犧牲。理解到這一切的責任出在自己身上，這樣的事實開始責備昴的身心。

「菜月先生……」

昴被絕望打垮時，奧托從背後拍他的肩膀。

顫抖的手指，和特別乾巴巴的聲音。昴膽戰心驚地回頭看向奧托。

「奧托，我……」

「請您去死。」

下一秒，肩膀被推的昴身體直接墜下龍車。

「——啊？」

視野顛倒過來，被推下的身體劇烈旋轉到沒法分辨上下。

在混亂的視野裡看到大笑的奧托。他嘴巴張大到可以看見牙齒的地步，邊流淌口水邊笑喊：

「都、都是你不好！都怪你、都怪你牠才會追過來，所以請負起責任！啊哈哈！去死吧！死了我就得救了——！」

看到他狂笑的模樣，昴發現他的精神已經崩潰。

聽到昴的軟弱低語，也不問根據就抓緊這點直接推昴下車，奧托的精神狀況就是被逼到這種地步。

理解到這點的瞬間，昴的身體也到達地面。

背後毫不留情地撞擊地面，全身的骨頭品嚐到碎裂的痛楚。哀鳴中還夾雜了內臟破裂的聲響，昴邊在地上翻滾邊持續吐血。

衝擊強烈到連自覺痛楚的機能都被奪去。

重複嘔出胃液和血液，昴慢慢地抬起頭。感覺遠處傳來撇下自己的龍車逃跑的聲音，而且還越來越遠。

很不可思議的沒有湧現怨懟。

因痛苦而管不了那些是真的，不過除此之外不知為何還有著沒法責備奧托的感情。

奧托只是被牽連，為了活下去才做出推落自己的垂死掙扎。或許是因為接受了這樣的無可奈何所以才原諒。

「噁噗，咳噁噁。」

那樣的感傷變成盈滿口腔的血味，還有像突然想起而震破全身的劇痛，讓昴痛苦扭身。

「——」

但那些全都在巨大存在現身之際，被吹得一乾二淨。

——其威容之強大，只稍一眼就能讓昴理解到意圖對抗的愚蠢。

在趴臥在地的昴面前，只要伸手就能碰到的距離，白鯨從那張大過頭的嘴巴吐出腥臭，確認微小的昴的存在。

對矮小的人類肉身而言，光是白鯨的呼吸就等於暴風。更何況現在的昴已經無法支撐自己的身體，光一個吐氣就能讓他持續在地面滾。

折斷的骨頭變成更複雜的形狀，新鮮的痛楚讓昴的喉嚨炸開聽膩的慘叫。

「————」

就這樣俯視痛苦不堪的昴，白鯨保持沉默像在玩弄。

悠然佇立的姿態不適用鬆懈這類詞彙。因為這是物種上的差異。

具體來說就是螞蟻挑戰大象、人類在海中挑戰鯨魚那樣。

被疼痛和嘔吐感支配的腦袋，理解到即將到來的『死亡』。

已經品嚐過無數次的絕望感。

確實又緩慢失去自己的喪失感。

壯志未酬又什麼都辦不到的無力感。

這些全都親密地磨蹭昴，熟稔地跟他勾肩搭背，譏笑他這次的不像樣苦惱與滑稽的掙扎。

已經搞不懂是什麼不對、哪裡錯了。
只是，失去雷姆的現在，昴的手中已經什麼都不剩。
自嘲連那樣的苟且偷生都只是無意義的抵抗。
無趣。無聊。什麼都辦不到且什麼也沒剩下、最糟糕的存活樣貌。
感覺白鯨的鼻尖逼近到眼前。
張開的口腔內，並排著能將有著堅硬鱗片的地龍絞碎的強韌牙齒。
昴的肉、骨頭和靈魂，都會被磨爛咀嚼吃得到處都是。
不如殺了我，快點用你的嘴巴吃掉我。想要道出不服輸但顫抖的嘴唇吐出的卻是：
「我…不想死……」
連嘴硬都辦不到的軟弱，這次真的讓昴絕望。
前所未有的無力感，朝胸膛內側刺下冰冷刀刃。全身血液結凍冷卻，眼前因失望而一片黑。
「不、不要……我、不想死。救我，我不想、死……！我不想死，我不想死我不想死……不要不要不要……救救我，雷姆，救我……」
抱怨、洩氣話、對污穢人生止不住的執著，從嘴巴溢出。
緊抓早就失去過的性命、害人失去的性命不放。什麼都辦不到的弱者，什麼都做不好的魯蛇，什麼都沒法守護的垃圾，卻還是哭喊著留他一條小命。
可悲。悲慘。所謂的醜態講的就是這模樣。

任誰都不屑看那滑稽，只會投以嘲諷話語、責備連看都覺得痛苦的光景吧。抓著生命到這種地步，是高潔的人性絕不容許的行為。

慘不忍睹。螻蟻的生存方式都還比較可愛。憐惜自己，污穢高傲尊貴存在的尊嚴，簡直就是『豬的慾望』本身。

「不、不要啊……我、我不想死……救我……」

儘管如此還是攀地爬行、努力逃竄，尋求維繫生命的可能性好苟延殘喘。

終於身體失去力量無法前進，手指撫摸草，連挖起泥土的力量都不剩。哭喊的力氣早就用光，只能讓身體往旁邊倒做為最後抵抗。

「我、不想、死啊……」

然後，仰躺倒下的昴嘴巴吐出求饒。

那是最後的求活掙扎。

什麼都做不到了。沒法思考。只能任人擺佈。

然而，將昴帶向結束的衝擊卻始終沒有降臨。

熟悉親近的『死亡』氣息，被咬碎的悽慘結局，直到最後都沒造訪。

持續等待不知何時結束的完結，這份恐怖輕易毀壞人心。

忍受不了恐懼而扭動身體，昴殘酷地驅使發抖的身體，然後泅游視線尋找能了結自己的絕望。

「……咦？」

——原本近在眼前的白鯨，消失得無影無蹤。

8

在那之後，昴只是憑著對生的執著持續奔跑。

「我不想死……我不想死、我不想死……」

喘氣，雙腿搖晃，血流進眼睛使視野混濁。但是昴依舊不厭其煩地跑。反正本來就置身在視野很差的黑暗和霧中，什麼都沒改變。

在看不見星星月亮的夜之懷抱裡，昴連自己的腳邊都看不見。搞不好只是沒察覺到，其實自己早就被白鯨吞掉了吧。

現在自己可能在魔獸的肚子裡，一直朝終點邁進罷了。

「咿呃！」

在黑暗中，昴從頭到尾都一個人。

失去雷姆，被奧托捨棄，連白鯨都對昴置之不理。

失去存在價值的昴，渺小的存在，沒有人會去在乎。

我不想死。都搞不清楚為什麼會這麼想了。

活著有什麼意義嗎？沒有死又留有任何意義嗎？

會冒出亂七八糟的想法，是為了混淆痛楚和恐懼而有的自我防衛本能嗎？連在這種場合都發揮自我憐憫的自己，實在令人厭惡至極。

「——啊？」

霧氣的終點，在自虐到極限、連罵聲都發不出的時候突然出現。

以為是無邊無盡的黑暗突然告終，無法相信的昴整個人垮在地面上。柔和的月光照耀大地，昴這才理解到自己活下來了。

血液流通手腳的感覺回來了，昴朝夜空伸出雙手。

讓昴這麼做、湧上心頭的，不是抓住生的喜悅。

「我又……」

而是在難看掙扎到最後，對抓住生命的自己的失望。

得到曾經那麼渴望的生，昴已不抱任何感慨。承受不住的罪惡感燒灼胸膛，感覺快要被原本忘記的存在、名為羞恥的感情給殺了。

「雷姆……雷姆……！」

掩著臉，持續溢出憋不住的熱淚和少女的名字。

藉由呼喊那名字和請求諒解，昴不斷安慰自己的靈魂。

額頭摩擦泥土後啜泣，不知道過了多久。

那個發出緩慢的摩擦音，來到蹲著的昴面前。

「你、你是……」

拉著失去原型的車體、沾染鮮血的是一輛龍車和地龍。

曾經見過的那個，毫無疑問是奧托的地龍。但是，車上卻沒有看見推下昴的青年。

「為什麼你會……那傢伙…奧托呢？」

疑問雖然出口，但想當然爾不會有回答。

看到晃悠悠接近的龍車，昴也站起來走過去。仰望那殘破不堪的龍車，昴注意到。

——駕駛台上刺著好幾把仿照十字架的短劍，還留有血跡。

是離開霧的時候，被什麼人攻擊了吧。

無法想像發瘋到捨棄昴只為保住一命的奧托，脫離險境後又面對絕望時抱著什麼樣的感情。

可是，他身上發生什麼事，只要看孤零零的地龍就能明瞭。

「……走吧。」

喃喃自語後，昴撐起疼痛的身體坐上駕駛台。

用勉強能動的右手抓住韁繩，模仿看過的動作揮舞韁繩好對地龍發出指示。

與主人操控韁繩的感覺不同，地龍困惑地用圓溜溜的眼珠仰望昴。

但是，看昴反覆揮動韁繩，地龍便開始慢慢地沿著街道前進。

——在銀色月光下，龍車緩慢移動。

彼此都失去重要存在，互舔傷口的人與地龍。這樣的組合緩緩地、緩緩地沐浴在星月的嘲笑中。

龍車持續地緩緩奔馳。

持續奔馳。

第四章 『無法訴諸言語』

1

嘎吱嘎吱，龍車邊發出聲音邊前進。

倚著駕駛台，當個形式上的駕駛的昴意識朦朧不清。

一方面疲勞，再來受傷，但最大的原因在於精神耗損過大。

放著骨折和破皮的額頭不管，脫臼的左肩斷斷續續地表達疼痛。嘴巴裡牙齒斷掉的觸感叫人不快至極，被血液、泥土、小便污染的衣服直接將冷冽的感覺傳達給肌膚。

——為什麼我活下來了呢？

被雷姆守護，失去她，被奧托捨棄，丟人現眼地乞求饒命，連白鯨都扔下自己不管，隨便走在夜霧的街道上，脫離霧後活了下來。

現在，和一同倖存的地龍前進的這條路，會通往哪裡呢？

不管會到哪，自己在那裡究竟能幹什麼呢？

想保護某個人，想要救她，一直相信是這份心情推動自己。可是實際上自己只是用漂亮話來粉飾不想看的事物，然後沉浸在喜悅中。

自己比誰都還要愛惜己命。自己不過是個自愛自憐的肉塊而已。

丟下雷姆面對白鯨，命令奧托折回去的時候，裝作屈服在奧托的反駁下，但其實心裡頭是感到安心的不是嗎？

既然是連劍聖都敵不過的對手，那回去也只是找死。雷姆也不期望那樣。——所以說，自己沒必要回去。沒有必要赴死。

就事實而言昴沒有回去救雷姆，還對應該憎恨的白鯨討饒小命。喊著不想死還尿失禁，然後東竄西逃。

那時候的腦子裡，從未關心過雷姆的安危。

為了這種男人豁出性命，雷姆做了一件蠢到爆的事。

「可是……最蠢的是……」

雷姆已經不在了。

奧托也是，其他旅行商人也都不在，只剩下昴一個人。

只有地龍默默無語，順著整治過的街道朝鄉里村莊持續奔跑。

哪兒都行。不管要帶自己到哪都可以。

自暴自棄的昴放下韁繩，倒在駕駛台上。

進入躺下來的視野裡的，是刺在難以著眼之處的十字劍。脫離霧的奧托遭遇魔女教信徒襲擊的痕跡。

為什麼，魔女教不直接出現在昴面前呢？為何不像對奧托那樣，割取這條毫無意義的性命呢？

還是說，要是到了關鍵的場面，自己還是會乞求饒命？

即使是在貝特魯吉烏斯面前。

「貝特魯…吉烏斯。」

喃喃道出憎恨對象的名字，昴感受到自己內心的空洞。

殘殺雷姆，嘲笑昴，萬惡的根源。即使道出那個狂人的名字，昴的心也沒有產生一絲漣漪。

明明幾個小時前，對那狂人的憤怒是昴的活力泉源。

「我到底…在…幹什麼……」

龍車車輪吱嘎作響，高亢的聲響搔刮耳膜。

足以讓人生疼的不協調音令昴皺眉，輕輕地撐起身體。

「森林……？」

一看才知道，地龍不知幾時停下腳步。環顧周圍，龍車走出被樹木圍繞的林道，碾壓裸露泥土的地面。

旭日升起一陣子了吧，白色陽光從頭上燒燙昴的身體。

意識到後，那股熱度慢慢地滲透到身體深處。

「——唉呀，昴？」

突然被呆傻、音調高的聲音呼喚名字，昴嚇到愣住。

爬上停下的龍車，盯著駕駛台上的昴看的，是幾道小小的人影。
「果然是昴。」「怎麼了，昴？」「好髒喔，昴。」「臭死了，昴。」
他們指著昴，嘴巴開始嘲笑他悽慘的模樣。
但是，嘲笑昴的笑聲裡沒有惡意，反而灌注了只有對待親密之人才有的深情。
「你、你們……」
熟悉的臉。這幾天看過好幾次的臉。每次都是在痛苦和悲傷下扭曲、再也不能笑的臉。
那是生活在羅茲瓦爾宅邸附近、阿拉姆村的孩童們的笑臉。
呆呆地抬起頭，昴看到了林道盡頭有人煙的氣息，有自己追求的光景。
──那麼期望、那麼盼望的場所，總算是抵達了。
失去所有，對一切絕望而放棄的時候，昴趕上了。
「昴？」「唉呀，怎麼了？」「啊，危險！」
孩子們的聲音變高，昴知道他們在擔心自己。
雖然知道，但腦袋沉重，沒法支撐身體。
繃緊的東西發出聲響後斷掉，昴的意識也像要脫離所有懊惱般，靜靜地朝深處墜落。
「等一下，會掉下──」
──朝深處掉下去。

2

——昴醒過來時，最初映入眼簾的是熟悉的白色天花板。

只設置結晶燈的樸素天花板，在眾多房間裝飾得金碧輝煌的宅邸裡頭很罕見，欣賞這點而選這間當個人房的自己，可以體會到自身的小老百姓特質。

頭底下是不論何時都又高又柔軟卻睡不慣的枕頭，棉被安穩地蓋到肩膀，昴立刻知道自己睡在床上。

不管在何種狀態，只要睜開眼睛意識就立刻清醒，是昴的體質。環視房內，確認這裡是自己一直日常起居的房間。然後，

「——啊。」

少女坐在床旁邊的椅子上靜靜地看書。

以黑色為基色、改造成裸露肌膚的女僕裝。裝飾短髮的白花髮飾，和可愛臉蛋上帶著銳利的撲克臉美貌表達出內心的高雅。

注意到這身影的瞬間，昴彈起上半身，牽起沒有察覺自己起床的少女的手，用驚訝彩繪表情。

「——隨隨便便地摸什麼摸，毛。」

冷淡甩開手的觸感及聲音，粉碎了幻想。

與失去的重要存在重逢，卻在察覺到眼前少女的粉紅色頭髮時領悟到是虛構。

她是昴想見到的少女的雙胞胎姊姊，兩人相貌一樣，只有髮色不同。

「拉姆知道幾天沒見所以你看到拉姆很開心，不過像這樣順從本能飛撲過來的行為與其說是男兒本色更像是雄性慾望。下流。」

輕蔑地瞪視昴，拉姆挪動椅子的位置好遠離床鋪。

冷淡的視線與聲音。光是外表，就能明確感受到與妹妹的不同。

「啊啊……這樣啊。事到如今，我沒那種資格……」

抓頭咬唇垂首的昴令拉姆詫異地皺眉。

對拉姆來說，剛剛的毒舌不過是睡醒的招呼。如果是平常的昴早就輕浮回嘴，但現在他卻一臉嚴肅默不作聲。

「……希望你不要太常讓拉姆做出不適合的舉動。」

邊說邊靠過來的拉姆用手掌溫柔地撫摸昴的頭。平靜沉穩的節奏，能夠和緩心跳的慈愛手指，令昴動搖。

「那是在想失禮的事的表情呢，毛。拉姆溫柔讓你很意外？」

「當然意外啊。……你應該是我表現軟弱時會窮追猛打的類型吧。」

「應該沒有像拉姆這樣充滿慈愛和寬容的女僕了。不過欺負現在的毛太過狠心。所以這次的份就往後延，累積到下次再窮追猛打好了。」

「我要訂正，妳果然跟我想的一樣。」

儘管拉姆宣告要把惡作劇留到下次的機會，但昴知道憐愛的感情沒有從手指消失。

儘管態度、口氣、性格和一切都不一樣，但她們果然是姊妹。

想到這份體貼性質相同，昴的胸口就緊縮。

有事必須告訴她，無可避免的痛苦在等待自己。

「啊……」

深思時手指遠離頭髮，依依不捨下昴忍不住叫出聲。手雖然趕忙貼向嘴巴，但眼泛淘氣的拉姆綻放笑顏的速度更快。

「還想要？」

「又不是小孩子了。不用啦……」

「像小孩一樣快哭出來的樣子，還敢這麼說。逞強的方式也很孩子氣。」

斜視尷尬的昴，拉姆邊聳肩邊高高在上地說：

「那麼，毛。」

「…………」

再度把椅子挪回昴前面，坐在他面前的拉姆凝視昴。

「——讓拉姆聽聽發生什麼事了。」

就這樣，由拉姆點出話題的開端。

「慘不忍睹呢。才想說有村子沒見過的龍車出現，沒想到半死不活又骯髒的毛就在上頭。村子裡的人叫拉姆過去的時候，一開始還以為是開玩笑咧。」

拉姆淡淡地回顧把失去意識的昴扛進宅邸之前的事。

「肩膀脫臼和額頭破皮。折斷的肋骨接回去了，不過勉強的話傷口又會裂開。被血和泥巴弄髒的衣服處理掉了。——失禁的事，有瞞著愛蜜莉雅大人。」

「……啊啊，多謝了。」

昴沙啞地回應，拉姆一臉無趣然後聳肩。

就拉姆而言剛剛那算是一則笑話，但對當事人昴來說卻不是什麼大問題。

「我的傷，是誰治療的……」

「愛蜜莉雅大人喔。」

昴惦記的內容，被拉姆爽快說出口。

那答案令昴垂頭喪氣，拉姆則是手插腰鼻子噴氣。

「沒辦法呀。一開始是拜託碧翠絲大人，可是被拒絕了。畢竟那一位也是很難伺候的人，所以有做好被拒絕的心理準備。」

「那……愛蜜莉雅有說我什麼嘛？」

「拉姆什麼也不會說。那應該是毛要跟本人說的話吧。」

面對把手放在曾脫臼的肩膀上，怯生生這麼問的昴，拉姆的回答很冷漠。

「毛在王都和愛蜜莉雅大人發生了什麼事，拉姆沒聽說，也沒興趣。只要看毛現在的反應，就知道反正又是毛做了不正經的事吧。」

「真尖酸刻薄。」

「不覺得是很相稱的評價嗎？最適合害怕踏進核心，用其他話題盡可能延遲面對的膽小鬼。」

「呃……」

被酸到無話可說的昴，知道自己內心是在追求拉姆說的話的。畢竟，回來的昴身旁少了應該存在的人。這當然要一開始就先報告才對。

可是她沒有多做要求，而是等昴自己說出來。這是出自拉姆的溫柔，還是嚴厲呢？——一定是溫柔又嚴厲的關懷。

但是不可以一直昧於這樣的關懷。

「——雷姆死了。」

道出口的瞬間，有什麼東西從昴的胸中脫落。

那是化成重物壓在內心底部的東西。在剛剛坦白的瞬間，那東西慢慢失去形體掉進胃裡，開始主張自己的存在。

那個塊狀物究竟是什麼？直到臉頰上傳來熱熱的感覺才終於理解到。

——我害死雷姆了。

眼淚滂沱流淌。

昴害死雷姆，確切感受到她死亡，若包含以前的宅邸輪迴的話總計四次。竟然現在才發覺，自己害雷姆死了四次。

面對雷姆的死，這還是昴第一次為了她流淚。

為了這樣的自己盡心盡力的雷姆，昴終於為她流淚。

不是自我憐愛，不是出自於罪惡感，單純為了雷姆而流。

「我……什麼都辦不到。街道起霧……出現、白鯨。後來，雷姆想讓我逃跑……可是，我被留在霧裡頭……然後結果……」

想說的事沒法統整起來。

夾雜哽咽的話語雜亂無章，對話前後也無法契合。摻雜藉口的內容停不下來，感覺汙穢了雷姆的死，昴害怕起來。

認罪，受罰。接受難看的自己應有的懲罰。

為了受罰，就要說明坦承一切——

「雷姆是誰？」

——

——

「啊，咦，哈……？」

她說什麼？自己怎麼聽不懂。

無法嚥下拉姆話中的意思，昴發出痴傻的單音。

雷姆是誰？那是什麼意思？

可是，拉姆詫異地看著昴，歪著頭再度開口：

「雷姆是誰呀，毛？」

聽到雙胞胎妹妹的名字卻眉頭動都不動一下，還問那是誰。

「還、還什麼是誰咧……別說蠢話了！那、那是、那是妳的妹妹的名字吧!?雷姆耶？我說雷姆，雷姆喲。別跟我開玩笑了。」

「拉姆的妹妹……」

手指貼著嘴唇，拉姆閉上眼睛認真思考。

回想的舉動對現在的昴而言實在心焦難耐。好想對她怒吼妳在幹什麼呀，然後立刻把她扔進籠罩霧氣的街道。

「拉姆的妹妹，雷姆。哦……」

「想起來了嗎!?」
「沒有的東西就是想不起來。拉姆一直都是一個人，根本沒有妹妹。」
拉姆露出極度敗興的表情，果斷道出不是昴期待的話。
「怎麼、可能啊……妳在、說什麼……」
「——拉姆沒有妹妹。」
「少騙人了！要是沒有雷姆，魔獸森林的騷動要怎麼說！不就是我跟雷姆和妳把魔獸……」
「你真的很反常耶，毛。雖然令人生氣，不過能夠撲滅沃爾加姆族群毛佔了一半的功勞。之後就是靠拉姆的努力和羅茲瓦爾大人的力量。……根本就沒有可以給叫做雷姆的妹妹插手的空隙。」
即使聽了昴的抗辯，拉姆依舊頑固地不承認妹妹的存在。
在宅邸發生的事以及日復一日的生活回憶，都在拉姆心中替換成其他內容。
明明是真實發生過的事，卻被虛假的回憶給覆蓋。
搞不懂。搞不懂為什麼她能這樣回答。
「又不是在說笑……就算做惡夢，內容也太惡劣了……」
「拉姆隨時都是認真的。作夢的是毛吧。」
「夢……夢？妳說這是夢!?不要開玩笑了！」
拉姆冷淡至極的態度，讓昴掀起棉被下床。還沒恢復體力的下半身搖搖欲墜，但激情給予身體活力往前走。

「毛，你還不能站起來……」

「閉嘴！給我……給我安靜看著！」

拉姆想要碰觸搖擺不定的身體，手卻被亢奮的昴揮開。

昴睡在自己的房間，這裡位在宅邸東棟二樓。雷姆的房間在三樓，為了到那尋找她的痕跡，昴朝著樓上邁步。

「又還沒恢復體力，一直亂來倒下的話會給拉姆添麻煩的。」

跟在後方的拉姆這麼說，但盛氣凌人的昴充耳不聞。花了比平常還要多的時間走完樓梯，昴筆直地穿越宅邸三樓走廊，站在來過好幾次的房間前面。

看過雷姆的房間後，應該就能粉碎拉姆的奇怪想法。

不需要猶豫。在這猶豫的話，昴膽怯的心又要找藉口原諒自己。所以不可以給予煩惱、困惑的時間。

曾經進去過的房間裡內部陳設雖然樸素，但還是有些簡單的少女風裝飾——

「……騙人的吧。」

什麼都沒有。

踏進的房間裡頭跟其他空房一樣只有鋪設整齊的床，還有設置在房裡的小桌子。雷姆的房間雖然簡單，但跟這間毫無個性的房間不同，裡頭確實有女孩子氣的小東西和飾品。

「怎麼可能會……」

環顧房內，懷著不信邪的心情，昴衝過走廊。

無視站在門旁的拉姆的視線，昴細數從樓梯到剛剛房間時經過的門的數量。沒搞錯。才不會搞錯呢。就算閉著眼睛自己也能抵達。

——然而，為什麼？

「是、是碧翠絲搞的鬼吧？就像一開始那樣，把空間洗牌來戲弄我……」

「毛。」

「沒錯，一定是這樣！那傢伙有奇怪的技能。竟然要我……」

「毛，你差不多一點。」

看著努力解釋的昴，拉姆用平靜的聲音斷絕他的不死心。

昴愕然看向拉姆。她看著昴，眼中浮現哀悽，昴知道平常不會這樣的她正在擔心自己。

但是，不對。現在的昴追求的不是這樣的眼神。

「雷姆……就住在這裡……」

「——那個人打從一開始就不在這屋子裡。」

拉姆搖頭，朝眼神陰鬱的昴字字分明地說：

「拉姆本來就沒有妹妹。」

她這句話，朝昴的困惑給予致命一擊。

3

——雷姆的死是自己的責任、應該背負的罪孽。昴有這樣的自覺。

這過於沉重的責任，即使現在都想扔掉一走了之的責任，唯有在承受後才叫真正面對雷姆的死亡。

「我、我……」

連哀嘆雷姆的性命、請求原諒的資格都沒有了嗎？

為了愛蜜莉雅而採取的行動不被她接受，感情錯身而過到現在都還沒能互相理解。

為了昴而付出一切的雷姆，每當世界重來一遍都會壯烈犧牲。想要負起她失去性命的責任，世界卻從昴身上奪去那責任。

時間，世界，魔女教，白鯨，所有的障礙都在妨礙昴的期望。

為什麼這個世界對自己如此殘忍，所有的思維都背叛昴呢？

是因為，是因為——

「毛，回房去。」

拉姆朝著呆呆站在空房間的昴這麼說。

站在旁邊的拉姆，把呆若木雞的昴帶出房間，推他的背，說：

「你太累了，精神才會產生混亂。先回房，在床上繼續作夢去。拉姆還有事要做，沒法一直顧著你。」

即使昴在面前崩潰，拉姆的判斷依舊嚴厲無比。她沒有要繼續陪昴，而是要去完成自己被賦予的職責。

「回房間，去睡覺。」

離去前又再說一次，然後拉姆就下樓離開。

如她所言，只要睡著或許就能逃離這疏離感。

這一定是惡夢。在作夢的期間，為了作夢而要上床睡覺。

逃跑，逃跑，逃跑就好。因為一直逃，最後才到這裡。就像之前一樣，就跟至今一樣，一直逃一直逃一直逃一直逃下去的話——

「逃了又能怎樣……」

喃喃自語後，昴的腳在下樓前停下。

要踩上階梯的腳縮了回來。逃進夢鄉的判斷，被這樣的舉動給收回。輕輕抬起下巴的昴看到的，是通往樓上的階梯。

就算逃跑一切也都不會改變。昴只是又會背叛雷姆而已。

雷姆保護昴，捨命讓昴逃離白鯨是為了什麼？

為了讓昴達成目的。

為了讓昴重要的人們能夠遠離魔女教的毒手。

現在，要是在這放棄目的，把意識送進逃避裡頭的話，

「就比乞求原諒還要懦弱……」

昴轉身，背向原本要走下去的樓梯。

這次踏出的步伐沒有迷惘。抬起的腳踩在階梯上，身體不是朝下而是往樓上移動。因為那兒，有自己回來的理由在等著。

慢慢地上樓，彷彿確認般每一階都踏得很紮實。到了最頂樓，看到一直欣欣嚮往的門後吐了一口氣。

手握門把時，發現自己的心情格外平穩。

方才衝進雷姆的房間時，心臟明明快到要跳出來，現在卻心如止水。分不出來是沉著造成的，還是超越緊張、忘記心臟可以雷鳴的沉重陷落造成的。不過，

「借我勇氣吧，雷姆——」

說出那名字的時候，手真的變得有力氣。

傳來的力量轉動門把，以為堅固的門緩緩地開啟。

然後，被打開的門的後方、坐在書桌前面的少女轉過頭來。

「——昴？」

聽到銀鈴嗓音呼喚自己的名字，昴閉上眼睛。

無法言說的感慨竄過心頭，昴終於想起。
自己是為了聽到她的聲音才回來的。
搖晃銀髮，有著剔透雪肌和藍紫色雙眸的少女。如夢似幻的美貌帶著哀愁，站起來的她——
愛蜜莉雅對昴說：
「……你為什麼回來了？」
昴不是被話語的內容，而是顫抖的聲音給奪去意識。
抖動雙唇，眼神無力的愛蜜莉雅。
久別重逢的她，看起來比最後道別時瘦了一點。聲音和神色中也有著濃厚的疲勞，讓人擔心她有沒有好好睡覺。
一定是被窮追猛打，還有被來自外部的干涉耗損了心靈。
所以，昴說：
「走吧。不可以待在這。」
往前踏出一步，伸出手，無視愛蜜莉雅的問題。
那強硬的態度令她吃驚，稍微退後拉開距離。原本縮短的距離又拉長，昴面露不解，愛蜜莉雅則是搖頭。
「你說走，要去哪……不對，為什麼要走？」
「只要不是這裡就行，哪都可以。如果妳要問為什麼，我會回答是為了妳。我是為了妳到這……」

「你又來了，昴。」

昴的回答，讓愛蜜莉雅失望地這麼說。

藍紫色瞳孔微微濕潤，她翻動眼珠瞪著閉嘴的昴。

「突然就回來，還滿身是傷讓人擔心……你不是應該在王都接受菲莉絲的治療嗎？為什麼現在在這裡！」

「發生很多事！我想說明的太多，可是時間很寶貴。所以我求求妳聽我的。我們現在一起離開這屋子……」

「我說過做不到了吧？我說過，你這樣子讓我信不過你。……我說過了。」

愛蜜莉雅厭惡地搖頭，用顫抖的聲音拒絕昴。

這是在王城候客室的對談接續，毫無進展的重現。

昴拼命的想法沒有傳給愛蜜莉雅，昴不懂為何她不懂自己的心情。只是，跟上次不同。因為，

「就算妳不肯我也硬要把妳帶走。即使妳討厭，再過幾天妳就會知道我是對的。所以說……！」

「等等，等一下，昴。你怎麼了？這樣子根本就不像你。我覺得昴……怎麼說呢。」

「少說那麼多，乖乖照我的話做!!」

怒吼的瞬間，愛蜜莉雅的肩膀一震。

愛蜜莉雅瞪大雙眼像在述說不敢相信。她面前的昴大吼後急促喘氣，用力地瞪著她。

「不行待在這裡。妳會後悔的。絕對會後悔。沒有人會高興，沒有人會得救。我已經不想痛苦、不想再哭了！」

「你、在說什麼……？昴，我聽不懂。」

「吵死了！妳們……妳！只要照我說的做就對了！這樣一來就會很順利。就只是這樣而已！為什麼沒人懂啊……！」

用力抓頭的昴不是朝眼前的愛蜜莉雅，而是對一切不講理抱怨有加。

大動肝火的昴說的話，愛蜜莉雅根本不懂吧。但是昴可以吐出這些詛咒的場面就只有這裡。昴遭遇的一切不講理——其出發點都是愛蜜莉雅。只有在她面前，才能將這難堪醜陋的感情一吐為快。

看到昴哭著控訴，愛蜜莉雅難過地垂下眼。

「對不起。昴在說什麼，我聽不懂。我沒法理解你。」

她垂著眼，緩和聲調好安慰昴的心。

「我也想理解你。只是，現在可能沒有這種時間這樣做……因為我有太多事不得不做。所以說，現在…」

「不順利。」

昴打斷她的關懷，用幾個字就踐踏她的想法。

聽到充滿惡意的聲音，愛蜜莉雅驚愕到重複眨眼。

「做什麼都不順利。妳很沒用。妳這個失敗者。一點屁用都沒有。妳還能幹什麼。只會出一張嘴。妳沒救了。沒得救了。重複胡來和輕率，就會看到跟累積的不講理相同數量的屍體。——那就是妳的未來。」

黝黑，醜惡，卑賤，應該唾棄的快樂充滿昴的身體。

自己說出口的話、單字、每一道音都震動愛蜜莉雅的耳膜，能從她的表情感受到痛楚、內心龜裂、想法上被人插了一把刀。

這一瞬間，愛蜜莉雅的一切全都朝向自己。

唯有這剎那，愛蜜莉雅沒法無視自己。黑暗愉悅現形。

決心被冷淡對待，覺悟被一笑置之，行動被殘忍蹂躪，過去被嘲諷為無意義，未來被宣告是一片黑暗。

看到愛蜜莉雅的那些被一一愚弄，昴的心——

「為什麼？」

愛蜜莉雅孤零零地說。

被昴的無心之語宣告未來籠罩黑暗，這樣的痛楚和悲嘆使她表情僵硬。但是，就連這時候她的藍紫色瞳孔都不知黯淡為何物。

被因難受而潤澤的光彩吸引，映照在裡頭的世界——亦即，愛蜜莉雅凝視的昴本身。

「為什麼，昴要哭得這麼難過呢？」

——這才發現，自己邊哭邊露出扭曲的笑容。

昴知道自己講的話全都反彈回來。

細細回想踐踏愛蜜莉雅心情的每一句話。沒什麼，那些全都是切割昴的話語罷了。

決心、覺悟、行動、過去、未來，全都被否定。就跟昴一樣。

裡頭有不管做什麼都沒用的心情。

還有被不得不做些什麼的義務感給催促的自己。

不知道為了什麼而必須挺身抵抗。要說知道什麼的話，

「我……把我，送到這裡……不對。為了把我帶到這裡的雷姆，為了雷姆，務必要做……」

「雷姆？」

搜索沒有把握的內心，試圖取回來到這裡的最初想法。

聽到昴那斷續不成章的低喃，愛蜜莉雅輕輕搖頭。

「————」

呼吸，停止了。

愛蜜莉雅的嘴巴紡織出的名字，那個語感。

很明顯的是不明白那兩個字的意思才會有的。

「——妳也……」

「咦？」

「妳也，忘了雷姆嗎——」

被雙胞胎姊姊遺忘，應該留存的痕跡消失，連讓自己賭上性命回來的理由、這個人，都不記得那女孩了。

她的每一天、時間、心情、生存樣貌、願望，都因此消失不見。

她的笑臉，她的憤怒，她的淚水，與她的互觸，她確實活著的證據，組成那女孩的一切，該如何重現。

「——好，我全部告訴妳。」

「咦！」愛蜜莉雅對昴的話感到驚訝。仰視端莊的美貌，昴再度確認推動自己來到這裡的想法泉源。

假如這樣下去，雷姆的想法會消失到彼方的話。

「不如掏心掏肺，掏到吐血還比較好。」

下定決心。

闡明一切，述說真實，表露自己的內心。

昴的眼神改變，察覺這點的愛蜜莉雅屏氣凝神。

面對愛蜜莉雅，昴手貼自己的胸膛。心跳很快。正因為知道接下來會發生什麼，還有結果為何，才會怕到這樣。

痛楚。足以使人發瘋的痛楚。

像要捏爛心臟一樣任意擺弄，卻連聲音都發不出來的痛苦將會不斷持續、不知何時結束。

但是心裡這麼想。

誰管它。誰理它。那種痛楚，跟現在的痛苦相比算什麼。

不被相信，不被理解。最甚者，沒人記得雷姆的存在。假如能忍受這樣的痛苦，那痛楚根本就不算什麼。

——要來就來呀。不過就是心臟，拿去就是了。

「愛蜜莉雅。」

「嗯。」

「我看得見未來。我知道之後會發生什麼事。如果妳問我為什麼，因為我……我會『死亡回歸』——」

正要表白一切，正要觸及核心時停滯果然造訪。

就如預料，世界的動作逐漸變緩慢，最終靜止。景色頓時失去色彩，方才還聽得見的所有聲音都消失無蹤。

風聲，呼吸聲，心跳聲，不斷遠離而且不回來。

意識扔下五感感受到的一切，昴被世界孤立。

——然後，不讓被孤立的昴單獨一人、不被昴渴求的慈愛之掌慢慢現形。

生成的黑色霧靄靜靜地滑過空中蠢動，形成手臂的形狀。

之前做出清晰形狀的就只有右手，但隨著幽會次數增加，招待自己的詭異魔手以拙劣的速度生成左手。

雙手逼近昴，左手憐愛地撫摸臉頰，右手像是迫不及待要愛撫，伸入胸腔內，穿越肋骨，溫柔地包住心臟。

心臟在掌中被玩弄的感覺令全身毛骨悚然。

之前都是狠心地給予劇痛，但如字面所述掌握昴性命的黑色霧靄，簡直就像要用極限恐怖來摧殘昴的覺悟與決心，玩起了陰招。

痛楚該來卻沒來，平靜的恐懼開始在昴的心中生根。

對痛楚有所覺悟，發誓會忍過去。魔手彷彿嘲笑昴的決心，認為光只有痛楚還不夠，因此舞動智慧意圖讓他身心臣服。

給予異於想像的苦痛，這樣的方式令無法動彈的昴想發出悲鳴。可是，他還是咬緊不會動的臼齒抗拒對方。

痛苦、恐怖、未知將要折磨昴，但內心絕對不會屈服。

不這樣的話就無法回報。不這樣的話就無法原諒。

假如要在這個沒有人記得雷姆的世界裡，請求負起雷姆死亡責任的話，那就只能用自己的靈魂支付。

管它會痛還是會苦，隨妳高興切切割割。

——只有這股決心，沒那麼簡單就能瓦解。

瞪視玩弄心臟的黑之魔手，昴屏息等待到來的瞬間。但是，魔手沒有動作。因為隨時都能下手，所以也能靜止不動。

在時間停滯的世界裡挑起消耗戰的話，就只能戰鬥到精神耗損殆盡為止。

現在昴堅固的決心，也處處是破綻，被死心吞噬夭折。

——如果這麼想的話，就太天真了。

管它幾小時還是幾天，都要忍耐下去。自己又不是沒死過。

既然只會痛不會死的話，那不管是怎樣的痛楚都可以忍過去。

昴這樣的覺悟——

「——啊？」

突然，靜止的世界開始有了顏色。

應該降臨的痛楚只出現前兆，就渺無聲息地消失無蹤。

和覺悟一同被留下的昴，回到有聲音、顏色、時間的世界。

呼吸、心跳、世界轉動的聲音充斥昴周圍。彷彿嘲笑呆掉的昴，世界恢復生息。

面對昴頑強的覺悟，魔手也領悟到自己的行為有多無力了嗎？

哪有可能。至今被魔手折磨數次的經驗對此推斷嗤之以鼻。

胸膛裡頭，還留有黑色霧靄右手輕柔握住心臟的觸感。

要是被用力捏緊，現在的昴——

「————」

想到這邊，昴突然產生疑問。

碰觸昴心臟的討人厭右手觸感都還清晰殘留。

但是這段期間，左手上哪去了？一開始是撫摸臉頰，之後呢——

「——呼。」

在疑問的解答出現前，面前的愛蜜莉雅先出聲。

聽到那聲音而回過神的昴，想起了要繼續告訴她在時間停止前要說的事。

什麼事都沒發生就從惡夢解放令人心神不定，不過假如魔手沒有索求觸犯禁忌的代價那就再好不過。

闡明一切，理解每秒後的未來，昴就能得到打從心裡渴望、大家都期望的世界。為此而下的決心終於開花結果——

「啊。」

在說話之前，愛蜜莉雅的身體突然前傾，朝昴靠過去。

忍不住伸出手承受她的身子。手掌傳來溫熱柔軟的觸感，昴忍不住屏息——

啪搭。

「——愛…」

啪搭、啪搭、啪唰。

「——愛蜜莉雅？」

啪唰啪唰啪唰、啪唰。

奇怪的聲響，緊緊抱住一看，愛蜜莉雅的嘴巴，正湧出大量鮮血。

——右手抓著昴的心臟的期間，左手上哪去了？

頭靠在昴的肩膀上，愛蜜莉雅不斷吐血。

溢出的驚人血量染紅了昴的半邊身子，使愛蜜莉雅的身體變輕。

「停下……咦？慢著，咦？」

為了止住源源吐出的血而把她的頭往上抬，但她的脖子立刻無力往旁邊倒。和肩膀下垂、失去光彩的瞳孔四目交接後，昴領悟到一切。

——愛蜜莉雅剛剛，在昴的面前殞命。

「哦哦哦哦！哦啊啊啊啊啊——!!」

慘叫產生回音。

假如大叫、慘叫到喉嚨裂開就能忘記一切的話。

現在就扯開、用力撕裂這喉嚨，盡情奪走一切吧。

懷中愛蜜莉雅的身體，無力的身體逐漸變得輕盈。

流出的血沒有停止。昴的身體變紅。變得越來越紅。

——右手抓著昴的心臟時，左手是去抓愛蜜莉雅的心臟。

決心、覺悟、行動、過去、未來，都被嘲笑踐踏蹂躪。

堅定的決心，明明剛決定不會被擊潰的覺悟，都被打成粉碎，將菜月・昴追趕到絕望深淵。

——慘叫高聲拉長尾音，始終沒有消失。

昴終於⋯⋯終於⋯⋯

——殺了愛蜜莉雅。

4

——血液和眼淚，是否在這次都從體內被擠光了？

到底該痛哭多久才好？

到底該苦痛多久才好？

自己做了多麼不可原諒的事？

身負重傷，心靈被踐踏，重要的人被奪走，救不了應該守護的人，連最重要的人的性命都被自己親手摧殘。

——這究竟是對誰的懲罰呢？

「我、我……」

我錯了。搞錯了。太得意忘形了。

狂妄到以為可以利用黏附在靈魂上的『魔女』詛咒來個順勢反擊，就算死了也只會重來的輕率想法助長自負，輕視應畏懼的『魔女』和魔手，於是招來這樣的下場。

這些重複累積，最後就是眼前的慘狀。

跌坐在地，腿上放著愛蜜莉雅的屍骸，昴轉動空虛的瞳孔。

愛蜜莉雅死了多久了？

碰觸的臉頰冰冷，口中溢出的鮮血也失去熱度轉冷。柔軟的屍體也開始僵硬，否定『死亡』的要素逐漸消失。

即使理解這點，昴還是沒法有任何動作。

已經累了。

我都這麼痛苦了，已經夠了吧。

像我一樣痛苦的人，翻遍這世界有幾個呢？

拼死拼活到以前的自己根本沒法比的地步，也很努力試圖達到目標。儘管如此還是無法避開最慘的結局，只能被災厄吞食失去一切。既然如此——

「——那張臉，簡直像在講我是這世界最不幸的人。」

這裡應該沒有其他人，以為聽到幻聽的昴轉頭看向入口。

用緩慢到叫人不耐煩的動作抬起頭，昴發現一名少女站在門前面。少女正用輕蔑的視線盯著昴。

奶油色的長髮分成兩邊做出美麗的捲度，身穿像是洋娃娃才會穿的華麗禮服，臉蛋俏麗又可愛。

是昴重複兩次輪迴，抵達宅邸後卻連臉都沒看見的人物。

「碧、翠絲……」

「一陣子不見，那張呆臉變得更蠢了。」

毒辣地說完，碧翠絲環視房內慘狀。然後說：

「搞得可真誇張。」

她十分爽快，夾雜嘆氣評論如斯慘狀。

在血海中一動也不動的愛蜜莉雅，眼神空虛抱緊她的昴。看了他們兩人，卻只有這樣的感慨。

但是，連理所當然的反感，現在的昴都生不出來。

不如說，現在的他很感激碧翠絲什麼都不問的態度。感激之餘希望她能放著自己不管就更好了。

「葛格，好像出不來。」

邊說邊走到昴身旁的碧翠絲蹲下來。

「就算叫你找你也聽不見吧。……貝蒂是很討厭弄髒手的。」

嫌麻煩地這樣說後，碧翠絲的手就伸向愛蜜莉雅。是要對死掉的愛蜜莉雅做什麼呢？少女的手指在沒反應的昴面前碰觸愛蜜莉雅的脖子。

對這舉止有說不出的不悅，昴正準備責備時。

「拿下來了。」

但是，在責備的聲音出來前，碧翠絲先完成目的。離開愛蜜莉雅的手掌上，握著閃耀著綠色光芒的美麗結晶石。

那是愛蜜莉雅不離身、掛在脖子上的垂飾——與愛蜜莉雅訂契約的精靈帕克的依附媒介，及其契約的證明。可是，現在卻……

「破掉了……」

「弄破的本人還敢講這種話……是說，你好像沒有自覺呢。」

寂寞地看著掌中裂成兩半的結晶石後，碧翠絲把石頭收進懷裡。
結晶石裂開，那裡頭的精靈會怎樣呢？
現在，稱呼在懷中沉眠的愛蜜莉雅為『女兒』、比任何人都深愛她的那個精靈怎麼樣了？跑哪去了呢？
「用不著擔心，葛格沒死。只是回本體去一趟罷了。過來這裡要時間……不過，沒時間猶豫了。」
彷彿天經地義地回答昴的疑問，碧翠絲站起來輕拍裙擺。看著少女彈起的捲髮，昴為這答案感到安心。
既然她說那個精靈還活著，會回到這個地方的話，就一定是那樣。
「——你有什麼想說的？」
看昴得到不合宜至極的安心，碧翠絲用沒有抑揚頓挫的聲音問。
昴沒有注意到碧翠絲在那聲音裡灌注了什麼樣的感情。
只是，如果被問有什麼想說的話——
「殺了我。」
——希望有人現在就殺了自己。
對一切厭倦。對所有感到疲乏。
所以，好想死。希望藉由死亡，讓一切都結束。就算死後會重來，反正自己又會失去一切。

不管死後能不能重來，都不想再待在這個世界了。

愛蜜莉雅死亡，雷姆的存在消失，昴沒能得到任何回報。

所以說，

「殺了、我……」

只有結束，是現在的昴的救贖。

假如有人會聽從自己的請求，那麼希望對方啄食掉這個沒救的性命。

踐踏與自己相關的生命的尊嚴，讓感情化做白費，被一切捨棄的可悲愚蠢之人。希望有人能夠燒毀、消滅這人的身軀。

如果是眼前具有超常力量的少女應該就辦得到。

碧翠絲應該很討厭自己。假如碧翠絲不幫忙這個願望，那一定會有更符合昴的罪孽、悽慘的下場。

像自己這麼愚蠢的人，就算死九遍也沒改變什麼。

這次是第十次，已經到極限了。不管是神明佛祖女神魔女，應該都厭倦自己了。

所以說，

「在這裡，殺了我。」

抱著愛蜜莉雅的屍體，昴懇求碧翠絲。

假如只能走到這，那自己想要抱著愛蜜莉雅的屍體結束生命。

順從任性而招致最惡劣結果的昴，直到最後都還是自私任性。
加重擁抱愛蜜莉雅的力道，昴閉上眼睛等待死期。
就這樣，沉默的時間持續半晌。
「……啦。」
那聲音忽然敲擊自私決定死期的昴的耳膜。
「——咦？」
又小又弱又沙啞的聲音。
昴忍不住吐氣，張開緊閉的眼皮仰望少女。
碧翠絲還是站在昴面前，現在也依然在俯視著昴。
她雙手抱著自己嬌小的身軀，像是冷到發抖般咬緊嘴唇。
「竟然叫貝蒂殺了你……太殘酷了……！」
被她用快哭出來的表情和聲音這麼一說，昴感到莫名其妙。
即使重複眨眼，碧翠絲濃烈的悲嘆也沒消失。
那跟昴所認識的少女表情相去甚遠。
畢竟碧翠絲應該很討厭昴。
總是冷漠以對，因為有好心的一面所以會關懷昴，不過基本上都是貫徹冷酷無情的人物。
雖說她不曾爽快地接受要求過，也覺得可能會被她拒絕，但剛剛的請求她應該會帶著污蔑和嘲諷回敬過來才對。

「什麼都不知道……你什麼、都不知道啦……！」

想不到她會用這麼悲傷的表情拒絕殺死昴。

「碧、碧翠絲……？」

「你的請求，貝蒂不會聽的。想死的話就去死，隨便你要怎麼死都行……貝蒂不接受你的要求。」

搖頭的碧翠絲閉緊雙眼，扼殺表情。

冒出的淚珠沒有流下而是隱藏到眼睛裡頭，少女朝昴伸手。

「幹嘛……景色怎麼!?」

頓時，世界開始扭曲。

昴周圍的空間扭曲，產生龜裂。

世界崩壞的預兆。一這麼想，就立刻用力抱緊懷裡的屍體。

俯瞰這光景的碧翠絲，眼中帶著冰冷的感情。

「反正全部都完了，可是讓你留在這也很困擾。——至少，只有這間宅邸，貝蒂想守護好。」

「妳說什麼……不對，碧翠絲，妳！」

「——貝蒂和羅茲瓦爾不一樣。就算是為了得到未來，疼痛難受痛苦悲傷恐怖的事，貝蒂全都討厭。」

面對不成問題的問題，碧翠絲以不成答案的答案回覆。

空間扭曲，昴的肉體超越物理法則被吸進產生的龜裂。

但是不會痛。

「至少，死在貝蒂看不到的地方。」

最後的低語佯裝薄情，卻藏不住寂寞。

什麼都沒法說。什麼都不知道。只接收到一種感情。

——碧翠絲對昴的決定和行為感到悲傷。

扭曲到達極限，被壓扁的空間如反彈一樣消失。

視野裡宛如噪音一閃而過的不適在剎那席捲世界，接著大氣的扭曲就不留痕跡地消失。

留下的只有連同染血地板一同被挖起、昴和愛蜜莉雅曾存在過的痕跡。

看著兩人消失後，碧翠絲一臉疲憊地背貼牆壁。緩緩舉起來的手掌罩住雙眼，隱藏住世界。

「——母親，貝蒂還要這樣幾次呢？」

被留在世界裡的少女，輕聲的低喃沒有傳給任何人，就這樣消失。

5

毫無前兆就從空間裂縫被拋出，頭就這樣插進長滿青苔的草木裡。

「噗哇！」

吐出帶土味的唾液，昴抬起頭環顧四周。

樹木成群充斥在昏暗視野裡，被大自然全方位地包圍。昴察覺到自己被扔在森林裡。

「夜晚的森林……哪邊的山上嗎……？」

多虧月亮沒被遮住，勉強可以看見東西。

冷風搖晃樹木枝葉，蟲鳴鬱悶地支配昏暗的森林。因為宅邸外已是夜晚，昴領悟到自己睡了超過半天。

同時，自己會像這樣置身在森林就代表，

「空間轉移……可以這樣認知嗎。」

被吞進大氣扭曲、產生的龜裂後，就被扔在森林裡。

藉由魔法『機遇門』，碧翠絲可以自由讓宅邸內的門與自己的禁書庫空間相連結。只要有那個意思，轉移一個人也不是什麼難事。

但是，即使可以理解其道理，卻搞不懂碧翠絲的用意。

——最後看見的泫然欲泣臉蛋，如今也在腦海裡揮之不去。

即使願望被拒絕，頂多就是被輕蔑然後被扔著不管。

可是，碧翠絲卻用充滿灰心和失望的眼神凝視昴——

「那樣子，簡直是……」

簡直就像是有所期待。

這種想法太過自私自利又自我本位了，昴立刻否定。

又不是沒自覺自己是個一事無成的瘟神，而且自己也能接受。

連自己都不期待自己，哪有可能會有人期待自己。

更何況，還是被厭惡自己的人期待，這種想法太過『傲慢』。

——不想被期待的話就只好逃避，結果一直逃的結果就是來到這個世界。

「真的沒藥救了，我這傢伙……」

露出凶猛的笑容，昴慢慢地站在草地上。但只有這麼想雙腳卻沒動彈，於是往下看，這才發現壓在自己腿上的另一個重量。

腿上現在也還放著跟著轉移過來的愛蜜莉雅。

「愛蜜、莉雅……」

在昏暗世界裡，被稀疏月光照耀的慘白死亡臉孔。

她的死狀既非難受也非安詳，只是不明白發生在自己身上的不走運原因而充滿困惑。即使當下活著，但在時間停止的世界裡她的心臟就已被捏爛。

留下理解疼痛的時間，這點很詭異。
只是就算感覺不到痛，也成不了救贖吧。
安詳的死亡一定不存在，更沒有事情是可以藉由死亡獲得拯救。
——除了現在的昴以外，可是⋯
「對不起。對不起，對不起。真的很對不起⋯⋯」
俯視愛蜜莉雅的容顏期間，水滴落在白色臉頰上。
深信已經乾涸的淚水深不見底，沒有結局的苛責折磨著昴。
可以聽見聲音。譴責自己的聲音。
遇過的所有人全都懷著冰冷的怒意痛罵昴。裡頭有銀髮少女，還有藍髮少女——
「誰來⋯⋯誰都可以⋯⋯」
——殺了我。
沐浴在不間斷的罵聲中，昴抱著愛蜜莉雅站起來。
就這樣踩著草，撞斷樹枝，慢慢地在夜晚的森林裡奔跑。
遠方傳來野獸的嚎叫。
現在的話，就算是遇到那隻黑色魔犬自己也能笑著迎接。
希望牠把自己的血肉、瑪那和性命全都吃光抹淨。
不然的話，不那樣的話，昴就沒法得救。

「────」

朝著遠吠傳來的方向，昴從昏暗的森林走向深淵。

愛蜜莉雅的重量，還有走在視線惡劣的山路上的疲勞，如今都感受不到。

目的很明確，為了實現而拼命才會這樣吧。真是諷刺。

然而，命運的諷刺還不單單這樣。

「這裡……橫越這條溝……這樣。」

慎重地穿越下坡，把在地上蜿蜒的樹根當成階梯踩過穿越。

宛如即將燃燒殆盡的燭火，生命正在用盡最後的力量。但是，腳步毫不迷惘的原因並非如此。

事情很單純，因為這是很眼熟的路。

要說為什麼的話，因為這裡是──

「啊啊，還在。」

像是安心、擦不上邊的感慨形成微笑，漾在嘴邊。

唯有渾身浴血、精神崩潰的人才會有的狂笑。昴知道有個男人的笑法正是如此。如果看鏡子，自己一定也露出同樣的笑容。

腐蝕觀者的心靈，喚起生理上的嫌惡的不吉利笑容。

但是，被這種笑容面對的他們，是早已習慣這狂笑的人。

「────」

在夜晚的森林中，包圍住昴的是與黑暗同化的黑衣團體。
宛如從影子中冒出來的他們湧現，包圍住昴，無聲無息連存在感都沒有透露，就這樣凝視著他。
感覺不到敵意好意惡意善意這類意思的視線漩渦。全身浸泡在這些視線中的昴，想起了在第一輪的世界與他們的邂逅。
「一樣啊……」
彷彿仿效昴的記憶，黑衣團體一齊當場垂首致敬。
就像木偶一樣沒有意志的他們，對初次見面的昴展露『敬意』。
昴不知道他們為何要尊敬自己。
唯一清楚的，就是他們是魔女教的信徒，他們信奉的魔女與昴身上的黑暗有著某種關係。
「——讓開。」
想問的事其實多如山高。
就連像這樣對一切死心之前，都有很多事想問。
可是，如今那些感傷只是無用之物。
聽到昴簡短的命令，黑衣團體沒有異議，直接融入黑暗中消失。
他們的存在一消失在視野裡，昴就注意到世界充滿靜謐。
追隨的野獸嚎叫，不間斷的蟲鳴，還有風聲都不見了。

所有的活物都嫌惡魔女教嗎？

可能不只針對魔女教，畢竟昴也在裡頭。魔女教和昴在一起的場面，構成連世界都拒絕同席的唾棄畫面。

——那個人，跟現在的自己有相似的評價。

面露冷笑後，昴穿越魔女教徒原本的包圍網，繼續前進。

跨越樹根，踩踏泥土，用鞋底踐踏草木，森林終於開闊起來。

眼前是寬廣的岩石區，以及聳立的斷崖峭壁。

「我在等你，寵愛的信徒啊。」

瘦骨嶙峋的男子面露和昴一樣的狂笑，站在岩壁前面等待昴。

6

「唉呀唉呀唉呀？而且而且而且且且且，懷裡抱著的該不會是……半魔姑娘吧？」

看到來到岩石區的昴和他懷中的愛蜜莉雅後，貝特魯吉烏斯歪頭。狂人讓頭的角度維持水平，愉悅地伸出舌頭流出唾液。

「怎麼會，在接受我們的試煉之前竟然先沒命……多麼悲慘！多麼不幸！啊啊！還有還有還有……你多麼勤勉啊！在我們動身之前！就給予試煉奪走了！半魔的身體！還有性命！」

貝特魯吉烏斯揮舞雙手，用誇張的舉動為愛蜜莉雅的死尖叫。

回過神來，不知何時魔女教徒都集中到他的周圍，全員跪下凝神傾聽狂人的狂態。

「我是⋯勤勉⋯⋯？」

「對，正是如此！勤勉！太棒了！你跟判斷太慢、腦袋差沒智慧又欠缺決斷力的我們不同，比任何人都搶先體現魔女的意志！」

聽到沙啞的低喃後，貝特魯吉烏斯開心地狂笑衝向昴，然後像滑行一樣跪下，用額頭敲擊岩石地面叩首。

「與此相比！我和手指多麼遲鈍、愚昧和有所欠缺！啊啊，請原諒！無法報答愛的！此身的愚蠢！怠惰之身的不誠懇！無法回應您給予的愛，請務必原諒這愚鈍之身！」

滂沱淚流的貝特魯吉烏斯雙手敲打岩石，謝罪到額頭破皮。

血液在劇烈的自殘行為下飛散，裂開的手腕傷口可以看見骨頭。即使如此也不停止暴行，周圍的信徒們也仿效狂人紛紛做出自殘行徑。

血與痛苦的狂宴——即使親眼目擊，昴卻毫無感覺。

即使曾經那麼憎恨的男子就在眼前，昴的內心也沒萌生任何情緒。

「啊啊，你代替無法回應那位大人的想法、一事無成的我完成試煉。有什麼是我能為你做的？請告訴我。我要向愛證明我不是怠惰，究竟有什麼是我能做的呢？」

「殺了我。」

逼到近旁，因額頭流下的血變成流血淚的貝特魯吉烏斯懇求，昴回答。

唐突至極的發言，就連狂人都表情為之愕然——

「這樣就行了嗎？」

根本沒有，他毫無猶豫地踹飛昴。

跺腳凝視後退的昴，貝特魯吉烏斯一臉恍惚。

「啊啊，太美妙了，太美好了呀！完成試煉，面對渴求救贖的信徒給予解渴之水，帶著愛的我的行為是勤勉的！啊啊，不是在怠惰下結束！我跟你都是！要感謝你！因為我的勤勉成就愛！」

對昴鑽牛角尖的答案沒有絲毫疑問，毫不譴責自己的行動，對這世間道理無任何動搖，貝特魯吉烏斯佯裝勤勉解放殺意。

看到狂人這模樣，昴內心喧囂不已但還是閉上眼睛。——這樣一來，至少昴這瞬間的想法會獲得回報。

「不過話說回來，」

昴感覺殺意逼近到肌膚時，貝特魯吉烏斯卻開始嘟囔。

「連一個試煉都沒通過，而且沒會面過任何大罪，胸懷大志的結果卻是絆到一開始的小石頭就結束……」

狂人凝視沉眠的愛蜜莉雅，嘆息道。

「——啊啊，你，是『怠惰』呢！」

沒有任何發言比這更侮辱愛蜜莉雅的死亡。

這讓人想起，在過去的世界這個狂人也曾侮辱過重要少女的性命。

睜開緊閉的雙眼的瞬間，昴看到眼前有掌形黑霧逼近。

掠過腦海的痛苦記憶令身體瑟縮。

但是，跟那魔手有決定性的不同：身體可以動，腳可以動，手可以動，所以可以閃避。

擺脫緩緩逼近的黑掌，抱著愛蜜莉雅朝旁邊跳過去。經過的手掌像是困惑而消失，看到這光景的昴吐出急促呼吸。

「……你，剛剛看見不可視之手了？」

聲音顫抖，撐開光彩奪目的雙眼，貝特魯吉烏斯凝視昴。

狂人將宛如枯枝的細瘦手指放進嘴巴，按照順序一一咬爛指頭。每一根都咬到發出肉爆裂開來、骨頭碎裂的聲響，他邊淌血邊說：

「不行，不行呀。奇怪，搞錯了，誤會了，弄錯了。看得見我的權能，『怠惰』的權能，我因寵愛而被授與的『不可視之手』！其他人不被允許看見的東西!!」

吐血，咀嚼指甲和骨頭碎片，貝特魯吉烏斯以充血的目光瞪向昴。

——下一秒，貝特魯吉烏斯的背後湧出黑色手臂。

他的影子炸開，瘋狂擺動的黑手多達七隻。那跟昴觸犯禁忌時給予懲罰的魔手如出一轍，使得昂的背脊因恐懼和害怕而戰慄。

「不過，既然看到了身體還能動……」

就不是躲不過。

黑掌的速度並不快。射程和撕裂人體的臂力雖是威脅，但最大的威脅是『肉眼看不到』。不過那最強大的力量，對現在的昂不管用。

燻燒油盡燈枯前的生命，昂將身體能力發揮到超越極限。

「為什麼為什麼為什麼為啥為啥為啥為啥為啥為啥啥啥啥……可以躲開!?你看得見嗎!?這是我的！專屬於我的愛呀!!」

「只有被你殺害這件事，讓我打心底厭惡。」

旋轉身體避開黑掌，朝前方跳躍閃過其他伸過來的手。立即蹲下躲過從左右逼近的手，用滾動的方式接近貝特魯吉烏斯。

看到狂態因驚愕而扭曲，內心因黑暗的快感而沸騰。

想起來了。自己想要殺死這狂人的事。

「——呼嘎啊！」

用頭錘撞向面前的鼻樑，粗暴地踹擊狂人往後弓的身體。

黑掌失去精準而亂跑，昂也被貝特魯吉烏斯的門牙撞到額頭而流血。誇張的血量流進眼睛，堵塞右眼的視線。

——察覺到腳下一滑時，昴的身體緊接著就被抓著腳扔出去。

即將撞到大樹的瞬間，昴忘了要採取受身姿態，而是用力抱緊懷中的屍體。

不是為了依賴，而是為了守護。

「——咳噁！」

背部就這樣用力撞上樹木，脊椎骨傳來致命的斷裂觸感。

多根肋骨粉碎，好幾道才剛治好的傷口一齊綻開。劇痛的大合唱齊聲開始，墜落地面的昴邊吐泡泡邊抽搐。

「丟臉！丟人現眼！啊啊，太好了。真的太好了！這樣下去我差點就會變怠惰，我的行為差點全都變成無意義！果然我很勤勉，為愛努力……」

「閉嘴、啦。蠢蛋……！」

呼吸聲怪怪的，感覺肺臟受到極大損傷。

儘管如此，嘴角冒著血泡的昴還是嘲笑貝特魯吉烏斯。

「什麼愛呀，白癡。應該只有你、得到的、愛……我也看得見，不是嗎。……被劈腿了喔，活該。」

「你說什麼！說什麼……說什麼說什麼麼麼麼麼麼麼麼……大腦、大腦在顫抖抖抖抖抖抖！」

抓頭翻白眼的貝特魯吉烏斯亢奮激動。

狂人走近倒下的昴，踹開懷中的愛蜜莉雅，刻意粗暴地踢飛屍體遠離昴。

愛蜜莉雅的身體滾動，撞上樹根。斜眼蔑視這光景的貝特魯吉烏斯嗤笑道。

「竟敢侮辱我的愛，不可原諒！啊啊，決定了。我決定了！雖然應給予試煉的半魔死了，但藏匿半魔的人還活著！」

貝特魯吉烏斯根本是遷怒。他胡亂大叫，黑掌抓住昴的脖子，抬起。

快把脖子拔斷的臂力叫人瞠目，在劇痛中昴也發不出聲音。

「首先，滅絕宅邸的關係人，接著將附近的村民奉獻給寵愛，一個不留。疏漏是『怠惰』的鐵證。以勤勉為第一的我和手指放下所有。——還用霧封鎖街道，就是為了不讓人妨礙我的愛！」

興奮狀態下口沫橫飛的貝特魯吉烏斯對昴坦承邪惡方針。

「你剛剛，像是抱著很重要的東西呢……要是破壞那個半魔的肉體，你會發出多麼愉悅的聲音呢？」

貝特魯吉烏斯傾斜脖子，歪曲嘴唇，目光因殘虐的好奇心而發光。

狂人的背後爬出五隻有別於舉著昴的手腕，各自以獨立的動作朝愛蜜莉雅的亡骸逼近。

先是抓住四肢，然後是纖細的頸項。

「看到了嗎？接下來會發生什麼事，你知道嗎？」

「……住、手啊！」

正因為看得見才有的恐怖，現在正襲擊昴。
看不見的時候，狂人的黑掌對雷姆的身體做了什麼，如今被迫詳細記起。
然後，而且還是現在，那個破壞衝動正朝向愛蜜莉雅的肉體。
沒有制止暴行的力量。昴悲痛萬分，貝特魯吉烏斯愉悅地加深狂笑。就這樣，愛蜜莉雅的肉體要被殘酷扯開——
『——在做什麼？』
那聲音毫無前兆地從天而降，冷酷地敲擊在場所有人的耳膜。
「——呃。」
貝特魯吉烏斯表情一變，視線泅游尋找聲音的主人。
那聲音裡頭的力量足以讓狂人臉色大變。那是被磨利的憤怒。
不久，貝特魯吉烏斯的視線固定在天空中的一點。
慢半拍的昴，也在脖子被抓起的姿勢下，在同個天空看到那個。
『你們屢次——』
宛如要覆蓋夜空，數量驚人的冰柱埋沒所有方位。
粗暴的呼吸染上白色，能夠冰凍世界的冷氣一口氣席捲森林。
一直跪著的黑衣集團，以及原本一直狂笑的貝特魯吉烏斯，都說不出話來。
『對我的女兒，做什麼——小子們。』

——將世界化為純白，永久凍土的終焉之獸。

那對昴而言，是能夠終結第十次的世界、連接到『死亡』的存在。

7

被召喚至這個世界以來，昴已經體驗過多次死亡。

本來對每個人來說，人生是只會有一次的競賽。踐踏這種天經地義的規則，得到第十次挑戰權的昴，在『死亡』方面不會輸給任何人。

而像這樣親近『死亡』的昴，才能感受到某種感覺。

——清楚嗅到逼近至眼前、明確的『死亡』。

『你們每個，都很為所欲為啊。』

伴隨寒冷徹骨壓力的聲音，從飄著冰之結界的空中被扔下來。

率領銳利前端朝向地面的冰柱群，釋放情感凍結的聲音的，是灰色小貓。

可以放在手掌上的體格，和身長差不多長的尾巴。粉紅色的鼻子和圓滾滾的眼睛。交疊短短的手，以憎惡塗抹像人類一樣感情豐富的表情。

會講人話的超乎常理存在，以貝特魯吉烏斯為首的魔女教徒保持沉默。連在同個場合的昴，都在有別於他們的衝擊下哽住喉嚨。

因為是第一次，看到那精靈表露如此的怒意。

只是存在於那兒，光憤怒的餘波，就能讓世界逐漸死去。

「……帕克。」

浮空的精靈——帕克的周圍罩起白霜，附近一帶的森林發出破裂聲響逐漸變質。綠色樹木彷彿褪色般轉白，枝葉和樹幹表面結凍、瑪那被吸走而開始枯萎。

大地也同樣將影響表露出來，一開始是花草死亡，接著是泥土，然後泥土上頭的昴的肌膚也開始生疼，彷彿燒傷的痛楚刺激全身。體內深處徐徐湧出乏力感，呼吸變得沒把握，意識開始茫然。

強制奪走瑪那的力量，過去昴也曾從碧翠絲那兒體驗過。

憤怒的帕克以世界為規模來執行這股能力，將之化為自己的力量。

除了忍住呻吟的昴以外，貝特魯吉烏斯額冒油汗往後退，跪著的魔女教徒們也像索求氧氣的魚一樣張口喘氣。

『魔女教嗎。——不管過多久，你們都沒有改變。不論在哪個時代，你們都做出最讓我悲傷的事。』

用像是看到害蟲一樣的目光這麼說完，帕克的視線投向森林一點。

用視線跟著追過去，那兒還保留唯一不受帕克之力影響的空間。唯有橫躺的少女亡骸被保護，免於跟著世界結束。

『啊啊，可憐的莉雅。……什麼都不知道就死了。』

帕克寂寞地凝視愛蜜莉雅後，目光轉向生存者們。

『讓我女兒失去性命的罪可是很重的。你們誰也別想可以活著回去。』

「區區精靈敢講那種話！講那什麼那什麼那什麼什麼什麼─話⁉輸給試煉的半魔，不過是污穢的無用廢物！沒法守護那個蠢貨的你的『怠惰』才該被譴責！啊啊！啊啊！啊啊啊啊！腦袋、在顫、抖抖抖───‼」

面對帕克的恫嚇，仰望天空高舉雙手的貝特魯吉烏斯慷慨激昂。狂亂下佈滿血絲的眼球沒有對焦，口吐白沫的他殺意是爆發性地膨脹。

「普世現象，會發生的事情，正確的歷史，都記載於福音書中！魔女愛我，因此我需勤勉報答！沉溺於怠惰的精靈愚輩！」

因為愛。對貝特魯吉烏斯來說，對魔女的信仰不過是回報愛的行為。

以行動彰顯對魔女的愛，對這狂人而言擁有優先一切的絕對性。

魔女是最好的，魔女至上。因此違逆自己對魔女的愛的人事物，都不能被原諒。

「半魔死了！你也要接受怠惰的報償！在魔女的寵愛下！打動人心的真實之愛下！犧牲赴死吧！」

胡亂揮舞手臂，高聲呼喊的貝特魯吉烏斯用力跺地。

俯瞰貝特魯吉烏斯狂態的帕克，瞳孔徹底的冷酷。沒有憐憫和憤怒，而是看不出對方的價值而冷徹的眼神。

交換絕對不可能交流的想法後，帕克和貝特魯吉烏斯的殺意交錯。

「我的手指啊！讓那愚者接受報償——」

『死吧。』

——傾倒的冰柱降臨在所有的魔女教徒上，貫穿他們止住動作。彷彿被當成標本的昆蟲，魔女教徒的身體和手腳被穿刺固定在地面上。

大氣擠壓，殞命的魔女教徒肉體結凍，岩石區化為冰雕展示場。

「————」

毫無預備動作，帕克在一瞬間就奪走將近二十條人命。這段期間，帕克的視線沒有一絲動搖，與他對峙的貝特魯吉烏斯也一樣。

狂人看都不看遵照自己的指示行動、被當成棄子的信徒，而是等待帕克的意識脫離自己的那剎那。

「——腦袋、在、顫抖。」

嘴唇陰森森地歪曲之後，貝特魯吉烏斯的影子整個爆發。

昴看到這光景的同時身體被扔出，七隻手掌朝空中的帕克蜂擁而去。

論帕克的實力，緩慢逼近的魔手根本用不著閃避。可是面對迫近的手掌，帕克沒做出任何反應。——因為看不見。

「帕克——！」

『安靜點，昴。只有你……嗯呃？』

昴為了通報危機而大叫，但帕克丟過來的聲音和目光都很冰冷。

但是，在說完之前小巧身體就被黑色手掌囚禁而看不見了。

「啊……」

帕克的身體，小到用大人的手就足夠包覆蓋住。

何況那兒有七隻黑掌，現下已經無人能看見他的身影。再加上每隻黑掌都有能夠輕易扯斷人體的壓倒性力量。

「大意！怠慢！亦即怠惰！你應該當場了結我的！明明有這力量，你卻怠忽應做之事！所以才誕生這個結果！沒錯！沒錯！沒錯沒錯沒錯沒錯沒——錯!!」

只有昴看得見的『不可視之手』，壓爛包在掌中的帕克的身體。

在狂喜亂舞的貝特魯吉烏斯面前，大精靈的身體被殘酷抹消——

『無聊。』

下一秒，昴看到密集的黑掌飛散消失。

『這種程度就想借用魔女之名，還早四百年。如果是認真想要殺我——』

將成為冰雕的魔女教徒屍骨化為粉塵，前腳接觸到的地面逐漸變為絕對零度的死域，光是平靜的呼吸就可媲美暴風雪，在白色冰霜中閃耀光輝的金色瞳孔，毫不留情地睥睨逐漸死去的世界。

『至少要伸出莎緹拉的一半、上千道影子才夠。』

擁有灰色體毛，巨軀足以橫跨森林的貓科四足獸。

在某一輪的世界裡使宅邸崩塌，將昴逼入死地的終焉之獸。

──威風凜凜地顯現。

「──────」

寒氣的勢頭更甚，在染白的世界裡連睜開眼皮都伴隨痛苦。

昴邊忍耐這痛楚，邊呆呆地仰望那頭巨獸。

「你、你……」

顫抖的聲音，在極寒世界中微弱迴響。

「你究竟，帶了什麼來呀!?」

貝特魯吉烏斯乾裂的嘴唇在剛剛的喊叫下縱向裂開，裡頭微微滲出血──不過也在瞬間就凍結，和痛楚一同被止血。

置身在閉上眼睛就覺得沒法再睜開的寒風中，昴反芻剛剛貝特魯吉烏斯的吶喊，重新仰望巨獸。

「你是，帕克嗎？」

『看就知道了吧？講那什麼壞心眼的話。』

面對昴沙啞的問題，灰色巨獸蠕動大過頭的嘴巴回應。

每一個字都伴隨暴風，述說諷刺的巨獸肯定昴的疑問。

從那答案，昴領悟到一件事。

在上次和上上次的世界裡，昴最後為什麼會死。

「不可理喻。」

不理睬陷入沉默的昴，貝特魯吉烏斯邊瞪帕克邊喃喃道。

狂人將沒事的手插進嘴巴，咬爛指頭滴血。簡直就像用痛楚將自己的正常瘋狂留在這世界。

「這太不可理喻了，不應該會這樣！區區的！精靈！不過是精靈！怎麼可能會擁有這等力量！既然如此，我……！」

『——艾姬多娜。』

「——————」

嘴角掛著血泡，瞪大雙眼的貝特魯吉烏斯動作戛然而止。

在狂人拒絕現狀時，插嘴的帕克說了某個單字，聽起來應該是人名。貝特魯吉烏斯一聽到就整個臉色大變。

『既然是魔女教，應該懂這個名字的意思吧？』

彷彿煽動沉默的貝特魯吉烏斯，帕克試圖拉出答案。

「污穢不堪……!!」

對此，貝特魯吉烏斯的反應劇烈。他發出堅硬的聲音後嘴巴就溢出血。是臼齒。那是憤怒過度的他咬緊的臼齒碎掉的聲音。

「連講出那名字都噁心至極！啊啊，不懂恐懼的愚蠢悲哀怠惰之物啊！在我面前！說出莎緹拉以外的墮落魔女之名……！」

微血管破裂了吧，貝特魯吉烏斯的雙眼已經超越充血而是染為純紅。從眼角流出血淚的狂人，用咬爛的手指指向帕克。

「根本是侮辱我的信仰！我的愛！我奉獻的一切！」

『──不過才活幾十年的人類，少跟精靈講時間。』

冰冷回應氣到跺腳的狂人，帕克的金色瞳孔閃耀神秘光彩。

只是這樣，貝特魯吉烏斯狂亂扭動身體的動作就停止。不過，不是刻意停止，而是被從腳開始的結凍給強制阻止了動作。

橫亙在旁，雪白迷濛的視野裡，昴看著仇敵慢慢接近死亡。

逐漸被凍結的貝特魯吉烏斯，也察覺到自身的死迫在眉睫。可是，狂人依舊把瘋狂投向眼前的帕克，而非近在眼前的死亡。

「信仰深淺跟時間沒有關係！活了悠久時光卻浪費大半輩子的怠惰者！別拿我跟你這種愚昧之徒相提並論！啊啊！啊啊、啊啊！大腦在顫抖顫抖顫抖顫抖抖抖抖抖！」

即使自覺要死了，貝特魯吉烏斯的瘋狂信仰也沒有任何動搖。

『死亡』這種現象的絕對性以及恐怖，沒有任何事物可以超越。對於深知這點的昴而言，貝特魯吉烏斯的態度完全超脫常軌。

臨死之際都還貫徹自己的信仰，這姿態證明了他是完全偏離人道的存在。

『連死亡都不能構成懲罰。——所以，我才討厭你們。』

「試煉已經完成了！就算這具身體腐朽，我的思慕也會被邀請到尊貴的魔女身邊，給予寵愛。……啊啊，再會、真是、愉快、呀！」

攤開雙手仰望天空，貝特魯吉烏斯哈哈大笑。

變強烈的風雪染白那副瘦骨，接著聲音和動作變緩慢，最後遠去。

即使如此，貝特魯吉烏斯也沒停止大笑。

直到笑聲停歇，在生命斷絕的最後，他都貫徹他的愉悅瘋狂。

『——精神式的勝利，贏了就跑啊。』

低語完，灰色巨獸敲擊前腳，粉碎冰雕貝特魯吉烏斯。

四散的碎片被風刮走，即使看到狂人死亡，昴也沒有冒出任何感慨。

曾經恨到想殺了那男人。一度深信貝特魯吉烏斯是事情開端，只要殺了他一切就會變順利。

但是，結果是如何呢？

就算看到應該憎恨的對象死去，吹過昴心中的就只有虛無。

貝特魯吉烏斯倒下，魔女教的威脅可以說被撤除。

可是，應該要共有這喜悅的雷姆的存在自這世界消失，帶著喜訊回去應該就能和解的愛蜜莉雅卻被自己害死。

被這兩人的死亡重擔給夭折心靈的昴雖然期望自己死去，但結果又是什麼都做不到，只能藉其他復仇者之手來報仇——什麼都不剩。

什麼都辦不到，就只有這樣。這一點，是昴在這次的輪迴中得到的結果。

『——好啦。』

巨獸的雙眼平靜地俯瞰被己身無力打敗的昴。

重新意識到巨獸的身份是帕克後，身體為那強大而發抖。

以前在王城，騎士團和賢人會聽到帕克的別名後畏懼打顫的樣子，看在眼裡的昴只覺事不關己。

『來聊聊吧。』

——現在，理解他們那時的心情到痛的地步。

因為太冷，意識朦朧不清。

原本瘋狂凌虐全身的痛楚消失不見，『死亡』的腳步聲緩緩地接近昴的身體。

結束終於要來了，就委身於那甜美的預感——

『唉喲，這可不行。血流太多了呢。——幫你止血吧。』

「——呃啊!!」

理應遠離的痛覺清醒，感覺像被滾燙炮烙。

喉嚨因劇痛而堵塞，昴眼看自己身體各處的傷發出聲音凍結，冒出白色蒸氣，身體內側受的傷也由銳利冰塊聯繫接上，使其癒合。

捨棄對人體所有關懷的治療行為，暴力性地治癒昴的肉體。血液在眼睛深處爆開，視野化為純紅。這不是喊好痛就能形容的事。

超越痛楚的治癒，是發生在自己體內的地獄。

『昴，你犯了三個罪。』

巨獸若無其事地朝昏厥、發出不成聲慘叫的昴繼續說下去。

蠕動巨大化、並排數列利牙的嘴巴，連音色都改變的存在卻只有口氣不失平穩，這反而令人恐懼。

『第一，你打破與莉雅的約定。對精靈術師來說，締結的約定有多沉重，你的理解不夠。輕率地打破契約，那有多傷透莉雅的心……你不知道吧。』

帕克的聲音在講什麼？大腦排斥理解。

不對，是痛楚支配大腦。

內臟結凍，折斷的骨頭與正常骨頭邊挖掘礙事的肉邊用冰塊接在一起。流血的傷口連同患處一帶整個被凍結，使得鮮紅冰塊剝落。這種止血法有夠粗暴。傷口延伸的話，結凍的地方也跟著延伸。痛楚逐漸擴大。死亡正在蔓延。好痛、好痛好痛好痛好痛好痛痛死了痛死了痛死了痛死了痛死了痛死了痛死了痛死了痛死了。

『第二個，就是無視莉雅的願望回到這裡。你知道這個不期望的再會，把痛苦不堪的莉雅逼到什麼境地嗎。只是踐踏約定還不夠，你還隨心所欲蹂躪莉雅的心。』

昴大字形躺在白色地面上，帕克臉靠近他吐出結冰氣息。流出的眼淚像是針刺眼球般帶來劇痛，整顆大腦痙攣。

『然後第三個，害死莉雅。』

在極度痛楚下品嚐靈魂被挫成片的感覺，昴甚至忘了呼吸的方法。體內的神經痛到彷彿浸泡在炎漿裡，昴詛咒自己的膚淺。錯以為痛楚比『死亡』還要輕鬆。他完全誤解了。

『痛楚』、『死亡』和『恐怖』，平等地粉碎弱者菜月・昴的心。菜月・昴的靈魂已經走投無路，無處可去。

『——遵守契約，我接下來將毀滅世界。』

昴以緩慢的意識開始理解真正該畏懼的真理時，帕克告知。眼中宿有怒意的帕克，在這裡初次流露憤怒以外的情感。

『將一切全埋沒在冰與雪之下，作為對莉雅的餞別。』

「……那、種、事、愛……」

『這無關那孩子喜不喜歡。說好的事不能打破，不管那是怎樣的契約。』

回應昴不成句的聲音後，帕克瞇起眼睛。

『不過，會以失敗告終吧。就像我和莉雅生活的森林，即使擴展冰之世界覆蓋全土……「劍聖」必然會起身阻擋。而我戰勝不了他。』

道出紅髮英雄的別稱，帕克低喃悲嘆彼此的實力差距。

那句話的意義，昴不敢相信。

連擁有這種壓倒性力量的帕克，都斷言自己對上劍聖毫無勝算。

帕克會在實踐契約途中被打倒。即使理解這點，但明知如此為何還要殉死在戰鬥中呢？

「為、什……麼？」

『——因為莉雅，愛蜜莉雅是我活著的唯一理由。』

帕克回答昴的疑問。

風變得更加寒冷，扎刺肌膚，堵塞眼皮，血液結凍。——結束已近。

『沒有那孩子的世界，我就沒有存在的意義。失去那孩子，我也不允許這世界存續。——我的一切，都在那孩子死掉時結束了。』

帕克這樣收尾後，風勢猛地增強。

風變得更加寒冷，扎刺肌膚，堵塞眼皮，血液結凍。——結束已近。

『從手腳指頭開始慢慢結冰的狀況下，到哪邊人才會死呢？有興趣知道嗎，昴。』

「——」

『不說話就當作是肯定囉。而這答案，就用你自己來確認。』

結冰的侵蝕徐徐地腐蝕肉體。

讓傷口和內臟結凍的白色結束，從手指開始終結昴的肉體。

如果疼痛可使人發狂，那就快點打碎這正常的理智吧。

趕快把心撕裂、打破、弄得七零八落。否則，

『——霧接近了呢。似乎叫來了麻煩的傢伙。』

聽不見。是誰，在講什麼，都聽不見了。

『暴食的……啊啊，現在被叫做白鯨了。喚醒那個，害死莉雅，自己也丟掉小命……你真的是沒藥救了呢。』

聽不見。聽不見。應該聽不見，卻聽得到聲音。

笑聲。從哪聽到大笑聲。

嘎哈哈哈，嘎哈哈哈。

曾聽過的笑聲。恨得要死的男人的聲音。

在哪聽到的呢？錯綜複雜的意識在迎向終點前渴求答案。

然後，注意到。

發出嘎哈哈哈笑聲的，是自己的喉嚨。

開始不認識痛楚，換快樂支配大腦。

瘋狂的世界擴散，踏進扭曲到令人心曠神怡的景致中。

大笑沒有停歇。

那是嘲笑自己的笑聲。

害死雷姆，殺了愛蜜莉雅，連自己都死得一文不值。

啊啊，簡直是，多麼像，那個啊。

『——是怠惰喔，昴。』

噗滋。一道聲響後意識斷絕。

而且斷絕的一定不只意識和性命。

——一直試圖維繫的什麼東西，剛剛出聲斷絕。

噗滋一聲，然後斷絕。

第五章 『從零開始』

1

一切都消逝在白色世界中。

自己結凍的肉體是融化了，還是粉碎了，或者永遠留在那冰雕裡，不知是哪個下場。

被留下的肉體結局如何，對現在的自己來說無關緊要。

清楚理解到的就只有一件事。

重複又重複，每次重來都是看到慘不忍睹的結局，每次重來只會讓狀況惡化，終於連最想守護的東西都親手毀壞，然後才察覺。

——菜月・昴不被任何人期待，包括自己。

失去的五感突然恢復的感覺，不管體驗過幾次都還是不習慣。

連身體深處都凍結，連冷的感覺都喪失，宛如逐漸沉入無邊無際的白色結束中的喪失感。

失去所有的感覺突然一掃而空，眨眼後一切又恢復原狀。

曾經痛到不行的手腳有血液流通，被冰侵蝕的神經忘卻苦痛。扎刺肌膚的冷氣消失，明亮日光曝曬著薄薄的肌膚。

「————」

「——啦。」

「——呀。」

熙來攘往中聲音從左右交錯，已死去的聽覺不客氣地恢復職責。

邊處理無意義的雜音，昴邊確認自己的身體狀況。結凍的手腳，受傷的脊椎骨，被做成刨冰的內臟也都毫無窒礙地在活動。

一切都恢復正常。重新掌控失去的肉體控制權，昴總算安心。

而其中，最能給昴安寧的是，

「昴，怎麼了？一直發呆喲。」

在櫃臺對面歪著頭，雷姆擔心地凝視自己。

被一切鄙棄，被沒得救的無力感給打垮，在自作自受的失望感與喪失感中絕望，束手無策死得毫無價值後又回來了。

「——雷姆。」

「是，昴的雷姆在喲。……怎麼了？」

回應呼喚自己的聲音，然後雷姆繞過櫃臺走到店外。一來到站著不動的昴面前，雷姆就伸手觸碰他的臉頰。

不放心地皺眉，雷姆端正的臉蛋露出擔憂色彩。

「對不起，都沒注意到。擠在人群裡你累了吧。竟然忘記最重要的任務，雷姆不配當女僕。」

「累了。啊啊，說的……也是。」

舉起手，輕輕從上方按住貼在臉頰上的手。這樣的接觸令雷姆驚訝到抬起眉毛，不過昴憔悴的聲音和表情讓她說不出話來。

雷姆看起來想說什麼，但昴沒有看她，而是確認掌中的確切存在——宛如緊抓這股溫度，絕對不讓它逃掉。

「丟失後，耗損殆盡……所以累了呢。」

儘管如此，應該消失的雷姆確實就在這裡。

「昴？」

——再也不會放開眼前的人了，昴這麼決定。

2

快步穿越人群，走下斜緩的坡道。

經過身旁的龍車揚起塵土。雖然皺眉，但昴的視線始終筆直。

朝著目的地邁進的腳步，沒有迷惘。

——仔細想想，之前重來的日子裡，昴都是在迷惘。

為自己應有的樣子迷惘，為愛蜜莉雅心向何方一事迷惘，為自己的存在意義迷惘，為怎樣做能抵達最好的未來迷惘，為瘋狂漩渦迷惘，整個就是迷失在異世界裡的迷途之人。

但是，之前連前進的方向都沒法果斷決定的昴，現在正帶著前所未有的明確意志勇往直前。

終於、總算理解到了。

為了抵達到這個答案，過去重複的日子並不是白費。

不管是肉體還是精神層面，都是第一次真的被逼到絕境。如此一來，昴領悟到。

昴能辦到的事。

昴應該做的事。

「——昴！」

洗去迷惘的眼神凝視目標，踢著地面的雙腳強而有力。

身體輕盈。內心從沉重壓力中被解放，現在的昴無所畏懼。

「昴，請聽雷姆說！」

拉著手腕，走完這坡道就能看到一條大馬路。

連王都都以最大路寬為傲的這條路，通往被堅固的外城牆包圍的國都正門。

不管出去還是進來，只要進出王都都必須通過這個正門。自從宣告王選開始後，往來的人潮變得更多的大馬路上，現在也被許多人擠得熱鬧非凡。

像縫合一樣穿過來往行人之間，昴逆著人潮往前推進。

穿過建築物陰影時，日照突然滑進視線。昴用手在白色光芒中做出遮蔭的同時抬起頭，看到了刻在正門上的文字：『王都露格尼卡』。

還差一步，兩人就能從那——

「昴！」

用不曾有過的凌亂腳步跟在後頭的人停下，用力拉扯被抓住的手腕。意想不到的抵抗讓昴回過頭，看到用力站住不動的雷姆眼神困惑搖擺。

「怎麼了？發生了什麼事？不說明的話雷姆也……」

解開連在一起的手，可能是心理作用，雷姆縮小身子懇求。

聽到這番話，昴能理解雷姆為何會有疑問。

在雷姆眼中，只能說昴的變化太過突然。被強拉著手帶到這裡，連個說明都沒有雷姆當然會生氣。

「哦，抱歉。我有點操之過急了。因為要思考的事太多了，所以一時忘了說明，對不起。」

「真是叫人頭痛。昴想很多這件事雷姆也知道，但還是得把話講清楚呀。……雖然也不是討厭強行硬來啦。」

雙手貼在微微泛紅的臉頰上，雷姆安心吐氣。

感覺昴的聲音恢復抑揚頓挫和平靜，雷姆似乎判斷他方才的奇妙態度是自己多慮了。

原來如此。看到雷姆安心，就越發為自己有欠關懷的舉止感到羞恥。

昴剛『死亡回歸』的變化，對只知道一秒前的他的雷姆來說極為劇烈吧。畢竟在短短一秒內，昴體驗過數日而有所改變。

而且這段日子，昴內心的鬱悶連自己都看不下去。

在王選會場表露醜態，在練兵場被由里烏斯打得半死，跟愛蜜莉雅之間產生致命鴻溝，被丟在王都後又還錯失存在意義。

在庫珥修宅邸虛度時間，又一直尋找自己能做什麼、必須做什麼。而且找這些找不到的答案找到厭煩。

除了愚蠢透頂外無話可說。現在的昴特別這麼覺得。

而對雷姆來說，昴這樣的迷惘真的是在眨眼間就消散。不能說是晴天霹靂，該怎麼形容才好呢？

「抱歉害妳擔心了。我已經沒事了。雖然覺得一直給人看到鬧彆扭鑽牛角尖的不像樣，不過我終於了解了。」

「不會，昴思考的時間，對雷姆來說是幸福時光。……昴終於知道了嗎？」

昴說話時眼神沒有任何陰霾，雷姆也以雀躍之聲回應。
已經很久沒有像這樣交談了，昴也隱藏不了小小的喜悅。
然後，對於雷姆放在話尾的疑問，昴害臊地笑著點頭。
「煩惱過頭而像個無頭蒼蠅到處亂竄，結果給許多人添麻煩。覺得抱歉的心情不是假的，不過我終於知道圓滿收拾的方法。不對，重新思考的話打從一開始就看到了，別人應該教過我了才對……但我就是想不通。」
「雖然雷姆認為那是昴了不起的地方……」
雷姆小聲帶過的話，讓昴苦笑。
然後仰望天空，面對天空的遼闊與高聳，昴感到胸口變得輕盈。
對一直俯視昴的世界來說，這段時間一定是心癢難耐吧。
可是，那些喘不過氣的時間，也終於結束了。
因為答案一直在眼前。
昴不管前往什麼樣的地方，不管多有勇無謀地挑戰，不管執行愚昧之舉到什麼地步，雷姆都毫無怨言地跟在後頭。
沒錯——
「我決定了，雷姆。」
正面凝視伸手可及的少女的瞳孔。

整齊的藍色短髮隨風搖曳，淺藍色的清澈雙眸映照著昴。包裹嬌小身軀、以黑色為基色的改造圍裙禮服。認真地穿到服貼筆挺的地步，透露出少女的高潔與踏實。白花髮飾巧妙地將小巧端正的五官妝點成纖細惹人憐愛的造型。

「好的，昴。」

粉紅色嘴唇畫出微笑，瞇起的眼睛帶著慈愛射向昴。

聲音中的甜蜜充滿讓人大腦融化的深情，魅惑了打算只說一句話的昴。

「首先，租龍車。因為王選的紛爭，籌措上可能會很棘手，不過最差的情況下我還有壓箱寶。因為沒有安娜塔西亞介紹，盡可能以正當手段租到是最理想的。」

要腳程快又有體力的地龍。可以的話，親人會撒嬌更好。

因為要持續奔馳。不分晝夜、不需要休息地持續輕快奔馳。

「龍車嗎……？」

雷姆歪頭，重複雷姆口中的單字。

眼中透露困惑，急於到達結論的說明沒能讓她心服口服。

不過，昴裝作沒察覺到她的為難，指向大門說：

「選龍車的過程可能會撞到用餐時間，有空檔的話先買些糧食備著比較好。啊，我雖然吃過攜帶式口糧，不過乾巴巴的口感實在不合我胃口。如果是那一類的食物，那我寧可只喝水。」

在原本的世界做體驗學習時，曾實際吃過保存性食品與簡易攜帶型口糧。對昴來說是每款都得到『難吃』評價的討厭回憶。
在原本的世界就這樣了。這世界的乾糧類食品，給自己的信賴度應該更低吧。
「不對，搞不好反過來使用魔法的恩惠可以讓乾糧變得好吃……？都可以做出美乃滋了，挑戰看看的話說不定意外地會做出好成績……」
「呃，昴？」
「嗯，啊，抱歉。思考稍微朝奇怪的方向奔馳了。怎麼了？」
訂正朝岔路偏離的話題，昴邊溫柔微笑邊看雷姆。
「那個，對不起。都怪雷姆不擅長察言觀色，實在不懂昴想做什麼。請問，是要……？」
「啊啊！對喔，抱歉！對不起，我完全沒注意到！不，剛剛，我打算先說完要做的事後才擬定計畫，真丟臉啊！」
昴拍腿，認同自己的疏失後露出傻笑。
「體會到被迫體會的事，和體驗過各種經驗後我才會這麼做，不過答案老早之前就出來了。」
浮現苦笑，真正的苦笑。
舔嚐苦水。咀嚼後悔。為不講理和沒道理流淚，被殘酷命運玩弄，沾染自己和他人的血，像白癡一樣死了許多次。
這一切的答案，如今已清晰明白。

「雷姆。」

呼喚這名字，昴慢慢朝少女伸手。

看到伸出的手，雷姆等待他的下一句話。

彷彿順應雷姆的渴求，昴將湧上來的想法置於舌上——

「跟我一起逃走吧。到哪都可以。」

面對命中注定的敗北，昴清楚告知。

3

「……咦？」

不明白被告知的話中意義，雷姆的喉嚨吐出的就只有沙啞呼吸。

覺得雷姆會有這反應也是難怪，昴把頭撇向旁邊，說：

「接下來我要離開王都，一直往西……或者往北。南方的帝國進不去的話，要走哪呢……我怕冷，所以我個人推薦往西走。」

「咦，不對，那個……」

「坦白說旅途可能會變得很漫長，再加上趕著出發所以不會輕鬆到哪。再來就是原本租借的龍車沒法返還。該怎麼辦好咧？乾脆龍車不要用租的，用買的妳看怎樣？」

龍車的安排全權交由雷姆。這世界有沒有異地還車的系統呢？這方面昴不知道，也完全不清楚龍車價格的行情。

仔細想想租車業應該是有不怕人坐著霸王車跑掉的對策才對——

「請、請等一下！」

雷姆朝深思的昴祭出暫停牌。

她掌心朝著昴，臉上流露罕見的焦急情感。

「逃走……是什麼意思？照昴剛剛的說法，簡直就像是要前往不是露格尼卡的其他國家……」

對自己的發言都半信半疑的雷姆眼神飄來晃去，接著表情一變拍手道：

「啊。既然是昴說的，那一定是又想到很厲害的事吧？像是能幫上愛蜜莉雅大人或羅茲瓦爾大人之類的事……」

「沒那回事喔，雷姆。」

「咦……」

像落水者抓草一樣，雷姆試圖將昴話中的含義往好的方向解釋。

但是，在徹底信賴自己的雷姆面前，昴明確否定那個想法。

「我說過了吧，是逃走。就算在王都，也沒有我能辦到的事。不僅如此，回去宅邸也無法改變無能為力的事實。——這點，我了然於心。」

無力、空虛、世界的不講理，都曾沉重地壓在昴的身體上。

越是想否定，不講理越是緊緊繞著昴的身體不離開。可是，只要承認一次，內心的重量會變怎樣呢？

至今的糾葛像是不存在，現在的昴沒有掩飾自己。

「所以說，和我一起逃走吧，雷姆。待在這裡也沒用。每個人都一直對我這麼說。我不想承認這點，拼死否定了好久，然後……啊啊，對啊。我就是很弱。沒有人認為我是必要的。」

之前都是自己太自戀。

一直誤會、搞錯，才會得意忘形。

來到異世界，被給予扭轉命運的力量，只是運氣好一點遇到些好事，就以為自己可以重來拯救他人，所以才會誤會。

自己別說救人的力量和心情了，連資格都沒有。

「怎麼會呢……！」

「沒有的事就是沒有。我被狠狠地念了一頓。——一直被念。」

被人說：你是不被需要的。

在第一輪的世界裡，昴無視愛蜜莉雅的願望衝出庫珥修的宅邸。也不聽雷姆挽留的話，結果招致村莊宅邸全滅的大慘劇。

在第二輪的世界裡不但沒能顛覆讓大家死去的結果，還因為逃避現實導致雷姆壯烈犧牲，最後又是誰都沒救到。

第三輪的世界產生了最被唾棄的結果。不但牽連到路上的旅行商人，還將雷姆獻給白鯨，甚至親手奪走愛蜜莉雅的性命。雖然魔女教全都被帕克殺光，但昴死後若帕克按照他宣告的去毀滅世界的話，那被害將會是無與倫比吧。

與『死亡回歸』的能力無關，回溯到無法重來的時間點有什麼用。當候補者們聚集在王城時，昴就已經當場漂亮地扯愛蜜莉雅的後腿。

就連站在愛蜜莉雅身旁，都不經意地降低她的評價，然後別說挽回形象，還以決鬥的形式裸露醜態。最後跟愛蜜莉雅撕破臉，朝她投以根本是遷怒的感情論而傷了她的心。

「……呵哈！」

昴知道喉嚨彈出乾笑。

回想起來可真是傑作。

冷靜回顧自己的行動和思考，就強烈意識到自己根本是個瘟神。

為了愛蜜莉雅想出一份力？

只有自己能拯救的人們？

沒有我在大家一定都不行？

多麼狂妄，多麼自大。啊啊，還有多麼傲慢啊。

昴的行為只是危害愛蜜莉雅的立場，殘忍背叛她體貼的心，還有害陪著自己的雷姆悽慘死去的愚蠢之舉。

厲害。太厲害了。大家一定早就知道會變這樣。

所以大家都對昴說要老實一點，別想雞婆多事，根本不需要你幫忙，乖乖呆著就好，滾到一邊消失掉。

身旁對昴這麼說的人，全都知道未來會怎樣發展。跟明明知道卻什麼都辦不到、不瞭解、無法理解的昴完全不一樣。

那不如，就照著大家說的去做就好啦？

「不這樣的話，我丟人的樣子……會有人檢舉的。」

有夠悽慘。

覺得自己可憐到無以復加的地步。

小丑是有覺悟自己會被人笑才做出可笑之舉，所以才稱做小丑。那麼連被觀眾指指點點嘲笑的自覺都沒有的昴，連小丑都稱不上。

——只是個無藥可救的愚者。

「所以說，我決定消失不見。這樣應該不錯，是件好事。我不管做什麼都是產生屍體……視場合而定，還會增加數量。」

屍體，屍體，屍體，屍體，屍體。

不認識的某人屍體。見過的某人屍體。重要的某人屍體。寶貝的某人屍體。相信自己的某人屍體。想要相信的某人屍體。——反正就是某個人的屍體。

已經夠了。

為什麼自己非得遇到這種事不可？都這麼辛苦了，應該要得到回報不是嗎？什麼努力就一定有回報，什麼鎖定目標拼命去做就可以實現夢想，連昴都知道那根本是夢話。

可是，儘管如此，就算只有一點點也好，希望迴避最惡劣的事態有錯嗎？

就是有錯。所以說昴才會不斷被結果背叛。

「逃吧，雷姆。我和妳不能待在這……待在這個國家。」

捨棄一切，蔑視所有，昴決定逃出這個輪迴。

而這逃避的行為，被所有人在背後指責的決定，會害得眼前的少女為難——所以只有雷姆，想帶她一起離開。

那是即使決定要放棄全部所有，都不能放手的人。

孤獨好可怕。孤獨好恐怖。

在這寬闊的世界，在這什麼都不知道的黑暗世界，即使明知為了不要失去就是什麼都不要有，但即將孤零零的恐懼不肯離開昴。

這趟膽小者的旅途，只期待有雷姆相伴。

在不斷重複的日子裡，只有雷姆一直跟著昴。

不管是醜態百出，丟人現眼的言行，做錯的生存方式，她都在旁邊盡收眼底。

正因為雷姆這樣，昴才認為她擁有讓自己賭上最後一把的價值。

——在重複的時光裡，前三次的世界昴都讓雷姆死去。

為了不讓雷姆死掉，就不可以回宅邸。即使抵達宅邸，路上雷姆也會走向壯烈殞命的結局。

要說留在王都就能得救，又不能如此斷言。即使在王都安穩過活，只要拉姆傳來宅邸發生異狀的訊息，雷姆一定會衝出王都。

到那個時候，昴無法阻止雷姆。所以她的結局也不會改變。

昴清楚地看見，再度失去雷姆而變得空蕩蕩的自己。

為了不讓雷姆死亡，就不能讓雷姆知道任何事。

假如是真心想救雷姆，就不能讓她待在王國。

「突然就這麼說，雷姆不知道該如何是好……」

面對昴再三的懇求，雷姆輕輕搖頭。

那不是否定的舉動，而是佔據雷姆心中的迷惘表露出來之故。

昴唐突的話，雷姆無法理解。昴給她當判斷依據所揭示的內容，要催促她下決定還嫌太少。

突然被人說捨棄一切一起逃跑這種話，哪有可能點頭。

儘管理解這很不合常理，可是昴也不能再多說什麼。

有那魔女的魔手在，昴不知道能夠交出的情報量限度。

不管說什麼，感覺都好像會抵觸到魔女的詛咒。

不管採取何種行動，都好像會造成不講理的命運犧牲。

屆時會犧牲的不是昴，而是重要的某人吧。

「————」

——無計可施，走投無路。被困在命運的死胡同裡。

所以說，昴能打出的手段就只剩下懇求。

一個勁地策動雷姆的良心。儘管知道這樣的做法很卑鄙，但還是利用她對昴的依賴。

「沒時間了。突然這樣講真的很抱歉。真的，我真的打從心底對妳感到抱歉。……不過，選吧。」

「選……」

「是要我，還是不要我……選一個。」

在被給予的少許情報中，又突然提出這樣的要求。逼她二選一的自己真是卑鄙，漸漸逼近的惡劣狀況實在很可恨。

可是，給予雷姆慢慢思考的時間對自己不利，也是事實。

昴不能說自己沒有利用這緊迫逼人的狀況。

在思考時間有限的情況下，自己的依戀對象在眼前懇求，那雷姆會下什麼樣的判斷呢——昴有勝算。

勝算，或者該說是近似宿願的希望。

『就只有雷姆會允許自己逃避現實』的自私希望。

「拿到龍車，就往西走吧。出了露格尼卡，一直往西……會到卡拉拉基吧？到那邊，買個小房子兩人一起生活。」

昴開始快嘴地描述未來想像圖。

那是平凡平穩，和不講理與殘酷無緣的未來。

「摸走盤纏對羅茲瓦爾很過意不去，不過就當成借用，哪天還他就好了。總而言之確立了生活目標的話，我也會好好工作的。……雖然都不曾認真工作過，但一定沒問題的。」

高中拒學而中輟，最高學歷是國中畢業。

工作經驗就只有在這個世界當過實習佣人。而且還很難稱是僕人，頂多只能說是雜役未滿的小孩幫手吧。

要找到正經的工作一定會更辛苦吧，可是就算啃石頭也一定要工作。因為跟痛苦、難受、死亡比起來，那根本不算什麼。

越是去想，昴的未來就越開闊。

想到朝著單一未來奮鬥掙扎卻還是招來最慘災厄的日子，這樣的未來有多幸福啊。

「雖然會有不順遂，不過有妳在我一定能吃苦。只要有人笑著在家等待，不管多疲勞，只要想到雷姆在我就一定可以……！」

即使在逃去的地方，會被拋棄的所有人們指責，但只要有雷姆在身旁，就一定可以忍耐。

所以說，求求妳，除了這願望我別無所求——

「選我吧……！」

擠出聲音、伸出手的昴懇求。

「選我的話，我的一切都會奉獻給妳。我的一生就全都是妳的。我會為了妳鞠躬盡瘁，只為了妳而活……所以說，」

不敢看站在面前的雷姆的臉。

沒有勇氣看她是什麼表情。勇氣什麼的，自己根本就沒有。

這樣的話一定可以迎接不一樣的結果。

因為膽小卑鄙又可恥的自己，已經什麼也不剩。

「和我逃走吧……和我一起活下去……！」

就只有妳，我不會讓妳死的。昴打從心底懇求。

用乾渴的聲音表白自己的想法後，昴的心臟跳得很快，呼吸也很急促。

彷彿全力奔馳的疲勞感，以及被打垮的精神消耗劇烈地侵襲昴。然後，還有籠罩住昴的沉默壓迫感。

雷姆沒有回應。人潮聲聽起來好遠，周圍的人是怎麼看待在公眾場所進行這種對話的兩人的——這種枝微末節的小事，現在根本進不了意識裡。

雷姆就是一切。對現在的昴來說，只有她的存在是一切。

忍不下去的昴睜開緊閉的雙眼，窺視面前雷姆的表情。
儘管害怕那表情上可能會浮現答案。
「────」
沒有出聲，沒有察覺被昴注視的雷姆，抿緊嘴唇。
面部努力地要保留撲克臉，可是眉心和眼角產生些微的勉強，沒能形成平常的她。
昴知道，迷惘、困惑、猶豫都正在雷姆的心中翻騰。
剛剛昴說出口的話，大幅激盪、強烈搖晃雷姆的心。
長到錯以為永遠的苦惱，以焦躁感逐步燒上昴的背。
可是沒多久，這段時間也迎來終點。
「──昴。」
充滿溫柔慈愛的聲響，呼喚昴的名字。
聽到那聲音、那震盪的瞬間，昴確信自己的心願達成。
雷姆會接受昴。原諒昴的軟弱，全盤接受後抱緊菜月•昴這個人。
萬千感慨湧上心頭。頭一次覺得有了回報。
於是昴抬起頭──
「雷姆，不能跟昴逃走。」
表情十分悲傷的雷姆明白地拒絕請求。

「因為，」

「——」

「未來的話題，必須邊笑邊聊吧？」

露出啼笑皆非的表情，雷姆——說出過去昴曾說過的話。

4

——賭博輸了。

被雷姆半哭半笑的表情，和自己過去的話打垮的昴，在拋棄所有的比賽中敗北，內心因而被無力感佔據。

如果是對昴有強烈依賴的雷姆應該就可行。昴這樣相信。不，是希望。

說不定，她會捨棄一切選擇自己。

虛幻的夢想。自大的想法。打從一開始應該就要知道了。

就是因為沒辦法從自身看出任何價值，才會選擇逃走的選項，可是自己到底是在期待什麼啊。

「現、現在……可能笑不出來，不過……妳看嘛，只要付諸實行的話一定就能笑得出來……嗯，就是這樣。所以說，那個……」

明明結論已經出來了，昴的嘴巴還是流出懦弱的粉飾。

想不出有效的論點來反駁雷姆的話。可是，對話不繼續的話希望就無法存續。說不定，她有可能會改變心意。

對話繼續的話就一定——這也是對自己有利的想法吧。

「……雷姆也試著去想了。」

凝視不肯死心的昴，雷姆淺淺一笑，說。

她微微抬起端莊的面孔。

「抵達卡拉拉基，先租個住處。雖然想要一個家來鞏固生活基礎，可是考量手頭上的錢實在很勉強。所以首先要有穩定的收入。」

豎起一根手指，雷姆補充昴方才的未來預想圖。

「很幸運的，雷姆在羅茲瓦爾大人的計畫下接受過教育，要在卡拉拉基找到工作會很容易。昴的話……看是要找勞力工作，或是負責照顧雷姆的生活。」

輕笑後，雷姆如此帶過昴什麼也不會的這一點。

對沒有這個世界的知識，技術上又不成熟的昴而言可說是正當評價。

「等收入穩定了，再找個好一點的住所。昴這段期間就先用功學習……不過要等能正式工作，大概要一年左右。昴越是努力，就越能早點獨立。」

這樣一看，雷姆的教育方針意外的很嚴格。

她代替拉姆執起教鞭時，教法溫柔但在指正錯誤上毫不留情。昴認為是因為她對自己很嚴格才會這樣，所以嘴巴雖然抱怨，但其實還蠻喜歡的。

「兩人一起工作，存錢到某個金額後……可能就能買個屋子。說不定可以開一家店面。卡拉拉基是商業繁榮之處，一定有可以讓昴活用突發奇想的地方。」

雷姆開心地拍手，描繪充滿希望到過於樂觀的未來。

昴好像也清楚地看到她所幻想的光景。

在那兒昴還是一樣給雷姆添麻煩，向她撒嬌，不過開始多少有責任心，所以一定會拼命流汗努力。

要是能那樣就好了。他是真心這麼想。

為了雷姆，只為了雷姆拼命到那種地步的話，會有多幸福呢。

「等事業上軌道後……那個，雖然害羞，不過，就是要有小孩吧。因為是鬼和人的混血兒，一定會是個頑皮的孩子。不管是男的還是女的，是雙胞胎還是三胞胎，都會是可愛的孩子。」

臉頰羞紅，想像到有點遠的地方後雷姆開始扭捏。

她扳著指頭數數，可怕的地方是數量超過十。

「不會都是快樂的事，也不會跟想像的一樣那麼順利。搞不好不會生男的都是生女的，到時昴在家裡的地位就會越來越低。」

「……雷姆。」

「不過呢，等孩子長大到會刁難昴的年紀時，雷姆會站在昴這邊。我們會是鄰里稱頌的鶼鰈情深夫妻，慢慢地一同度過時光，一起變老……」

「……雷姆。」

「雖然對昴不好意思，但可以的話請讓雷姆先走一步。躺在床上，被昴握著手，在孩子兒孫的包圍下，平靜地說『雷姆很幸福』後，就這樣離世……」

臉抬不起來。

雷姆逑說的未來預想圖，靜靜地、溫柔地傷害昴的心。

「可以幸福地……結束一生。」

「都想到這了……！」

雷姆最後為這越說越起勁、聽了會渾身不對勁、彷彿切割內心深處，充滿這種悲痛的幸福未來收尾。

聽完後昴的胸口，就只留下無法化做言語的悲痛激情。

喉嚨顫抖。重物沉在胃裡深處。頭好痛。

眼睛深處無止盡地湧出熱物，昴搖頭好掩飾過去。

「既然、妳都……想到這地步的話……！」

那就跟我一起逃到天涯海角吧——

可是，昴的這個心願，

「如果那是昴笑著期望的未來……雷姆就算死也甘願。雷姆是真心這麼想的。」

卻沒法傳達給比昴還悲傷、卻還是微笑的她。

愕然凝視讓人感到痛的微笑後，昴終於理解。

不管再怎麼苦苦哀求，都無法顛覆雷姆的意志。

自己真的是徹頭徹尾地輸了這場賭局。

「————」

彷彿肩上的重擔壓上身，疲勞感整個襲來。

差點就這樣當場跪地的乏力感。只有那個糗樣好不容易忍住，但昴用手掌遮住自己的臉，同時絕望。

雷姆拒絕與自己同行。

那意味著，沒有任何方法可以拯救雷姆了。

要是為了保護雷姆而繼續待在她身旁，就不得不看回去宅邸的她面臨殘酷的未來——而且是無從改變的悲劇，以及沒有憐憫的命運。

既然如此，丟下雷姆自己一個人逃離這裡就好啦。

這樣一來免不了會孤獨，但至少可以逃離逼近眼前的絕望。當然，不管昴在不在，以宅邸居民為首的人們的末路都不會有任何改變。昴只要遮眼塞耳裝作不知道，不要直視現實就可以了。

就連這種程度的救贖，對現在的昴而言都是想要抓緊的救命繩。

只不過，孤零零的一人接受這現實後，還有什麼救贖可言。

不管是挑戰，還是逃進瘋狂裡，或是拋棄所有，命運都不允許。

既然如此，那到底是要自己怎樣——

「如果可以跟昴活下去……當昴想要逃跑時，有想到要跟雷姆一起逃，這點雷姆打從心底開心。——可是，不行。」

拒絕昴伸出的手，儘管如此還是在感慨中紅了臉低頭。

逃跑，一直逃跑，逃到盡頭，雷姆剛才述說的夢想就會變為現實。這點她很清楚，也很盼望。

能夠為自己的人生做出幸福結局的故事——儘管如此，雷姆還是否決。

「畢竟，要是現在，一起逃跑的話……感覺就會像丟下雷姆最喜歡的昴了。」

「————」

她在說什麼啊？

昴緩緩抬頭，目瞪口呆地看著她。

雷姆依舊對昴露出悲傷微笑，儘管如此眼中還是帶著毅然情感射穿昴。看昴被視線擊倒，雷姆繼續說下去。

「昴，發生什麼事了？請跟雷姆說。」
搖頭。沒辦法。要是那樣，雷姆會死的。
「如果不能說，就請相信雷姆。雷姆一定會想辦法的。」
搖頭。不可以。那樣的話，雷姆會死的。
「……不然，現在先回去吧？慢慢花時間，冷靜下來思考的話或許可以找到跟剛剛不一樣的答案。」
搖頭。沒有用。如果等待答案，那大家都會死。
「我已經煩惱過，思考過，痛苦過了。……所以才放棄的。」
沒有人相信昴。
沒有人期待昴。
每個人都叫昴什麼都不要做，對他的愚蠢撒手不理。
不斷無視這些，耗損精神，吃了一堆悶虧，到達現在的區域。
那些時間，那些心靈損耗，對昴來說——
「——放棄是很簡單。可是，」
突然，聽見雷姆反駁昴的懦弱的句子。
——放棄是很簡單。

聽到的瞬間，不明所以的衝擊奔流過昴全身。

彷彿腦門被雷劈中的壓倒性衝擊。無以名狀的那個在昴的心裡爆開，彷彿全身毛細孔打開的燒焦感支配全身。

「放棄是很……簡單……？」

「昴？」

「別、開玩笑了……！」

面對困惑的雷姆，咬牙切齒的昴發出怨恨之聲。

開什麼玩笑。放棄很簡單？爽快地扔出目的然後背過身，兩手空空地就逃跑叫做很輕鬆？

怎麼可能有那麼愚蠢的事。

「放棄一點都不簡單吧──!!」

憋不住的鬱悶情感炸裂開來，直接震響昴的喉嚨。

昴的怒吼令雷姆驚訝地縮起身子，穿梭在王都大道上的行人們也都瞥向激動的昴看是發生什麼事。

全然不管群眾的沒禮貌視線，昴只瞪著站在眼前的雷姆。

「我什麼都沒做、什麼都沒想，就隨便扔掉一切，爽快地捨棄所有東西，然後就放棄，妳是這麼想的嗎!?」

這是苦澀的決定。經過流淌血淚、嘶喊扯裂喉嚨的經驗後，被迫了解到想法傳不出去，才會下這決定。

放棄一切。用講的話確實結論是如此，但為了得到這結論付出了多少犧牲，只有這點不容任何人輕視。

「說要放棄，一點都不簡單……！說要戰鬥，試圖想辦法闖闖看，這麼想比較輕鬆吧……！可是，就是沒用啊！沒有路可走！就只有放棄這條路……！」

命運的死胡同堵住所有提示過的道路，然後嘲笑昴。

不管怎麼挑戰，不管怎麼勇闖，不管是擬定對策還是交由他人，然後就連逃跑也一樣。要全部撿起來，已經是不可能的了。

朝著想救的人們伸出手卻被拒絕，都這樣了為什麼還能對自己說再加把勁呢？誰有資格對昴說放棄還太早呢？

跟昴有相同經驗，品嚐過一樣的苦痛和困境，見過相同的地獄後，還能講同樣的話嗎？

「如果能做什麼的話……我早就……我早就……！」

真的很想做些什麼。

想救人，想救出他們，討厭他們的命被奪走。昴是認真地這麼想。

可是卻傳不出去。沒能傳給任何人。

這一切都是昴時至今日的積累，對他自己張牙舞爪的結果。

所以說昴——

「昴。」

雷姆呼喚擠出聲音、用盡情感、垂頭喪氣的昴。

耳鳴劇烈，坦承丟人現眼的真心話實在很丟臉，昴沒法抬頭看她的臉。

這麼悽慘、無可救藥、無能為力、輸給命運的魯蛇。

「放棄是很簡單。」

「——」

「可是，」

雷姆再次重複方才刺激到昴的話。

她的話叫人難以置信，昴驚愕地抬起頭。

為什麼就是不懂呢？

都做到這地步了，為何她還是不能理解昴的痛苦？

內心的鬱悶、不滿、像遷怒的感傷，

「——不適合昴。」

在筆直凝視昴的黑瞳、如此斷言的雷姆面前煙消霧散。

雷姆說得簡直像那絕對是正確的，而且她這麼深信。

「昴有多麼難受，知道什麼而那麼痛苦，雷姆不知道。『雷姆懂』、『雷姆明白』，雷姆沒法輕率地說出這種話。」

「────」

「可是，就算是那樣，還是有雷姆知道的事。」

「────」

「那就是，昴並不會中途放棄，更不是沒用的人。」

面對眼前沉浸在悲傷中拋棄一切，剛剛還開口放棄的男人，雷姆卻毫不害臊、毫不畏懼、毫不動搖地這麼說。

「雷姆知道。」

「────」

「知道昴是個期望未來時，會笑著述說未來的人。」

面對用罪惡感和後悔洗臉，還敢講述與雷姆逃跑後的世界一定是充滿平穩安寧的男人，雷姆沒有失望，而是耿直地這麼說。

「雷姆知道。」

「────」

「知道昴不是會放棄未來的人。」

彷彿細心領會，雷姆朝著低頭的昴這麼斷定。

她眼中只有真摯的光彩，裡頭只存在對昴的信賴。

昴被那激烈強大的光彩給壓過。

可是，一定是雷姆想錯了。錯得很滑稽。

這只是太過看好昴這個人的發言。

是不知道映照在雷姆眼中的昴多麼高風亮節，人品有多清高。

可是，真正的昴並不是那樣的人。

會講洩氣話，被逆境挫折，為悲慘可鄙的自身渺小哭喊，被敗北感擊潰了就想逃跑——那才是菜月・昴。

「不對……我，不是那樣的人……我、我…」

「不是喔。昴並沒有放棄大家……愛蜜莉雅大人，姊姊，羅茲瓦爾大人，碧翠絲大人和其他人，昴都沒有放棄。」

被強烈的語氣否定。

可是她錯了。昴完全扔下他們。

「放棄了，我放棄了。要全部撿起來根本就是不可能……我的手掌很小，全部都會掉下去，一個也不剩……！」

「不，沒那回事。因為昴——」

徹徹底底，從頭到尾，雷姆都否定昴主張的放棄。

為什麼要這樣子認同醜態百出的昴呢？為什麼不認同昴的錯呢？昴在她眼中到底是什麼樣

子？

因為實在很不爽，忍不住就——

——妳是要說多少？

「——妳！知道什麼!! 妳又知道我的什麼了!?」

激情，和在胸膛內側滾滾燃燒的火焰，化為灼熱用力噴發。

扯開嗓子大罵，昴握拳用力敲向旁邊的牆壁。咚的一聲，破皮的拳頭擴散血紅至牆壁，再用手掌粗暴攤開。

「我就是這麼點程度的男人！沒有力量卻好高騖遠，沒有智慧卻老是做白日夢，一事無成卻還做無謂掙扎……！」

不管是誰，好歹都會有個優點。

只要延伸那個優點，任誰都會有符合自己的地方。

——但是，菜月．昴卻連這都沒有。

明明沒有，卻希望爬到自己配不上的高處。

「我……！我，最討厭我自己了!!」

傻笑帶過，搞怪耍蠢敲鑼打鼓喧鬧後繼續逃跑，不肯認真面對的現實——如今在現實面前，昴初次表白真心。

菜月・昴比任何人都還要討厭自己。

「每次都只會出一張嘴！明明什麼都做不到卻還一副很偉大的樣子！自己什麼都沒做，抱怨的時候卻一馬當先！這算什麼樣子!?怎麼會有人能這樣恬不知恥地活下去啊！對吧!?」

苟且偷安到因為沒法抬高自己，就只好貶低他人讓自己看起來高人一等。卑賤到因為不想承認比別人低等，就做出類似抓人語病的行為來維護自己薄到可以的自尊。

「什麼也沒有。我裡頭空空如也。一定是……對，當然。這一定是理所當然！我在來到這裡、像這樣遇到你們之前做過什麼，妳知道嗎!?」

在掉進異世界之前。

在原本的世界，一切都不變的平凡無聊日子中，做過什麼——

「——我，什麼都沒做。」

貪圖於怠惰，沉溺於睡懶覺，過著與努力和鑽研無緣的日子。

可是卻不曾放棄自己，老是帶著時候到了再認真就好了這類有利於自己的想法。

「我什麼都沒幹……一件都沒有！明明那麼多時間！明明那麼自由！應該什麼都能做，卻什麼都沒做！結果就是這樣！結果就是現在的我！」

如果有效運用過多的時間，昴一定可以成為什麼人物吧。

但是，現實中的昴卻奢侈浪費手頭擁有的時間，其結果就是沒得到什麼，也想不出什麼。

所以說，當打從心底想要做一件事的時候，渾身上下都找不到可以成就那件事的力量、智慧或技術。

「我沒用，無能，全部都是！理由……出在我腐敗的本性……！明明什麼都沒做，卻還想成就偉大事業，狂妄也該有個程度吧……偷懶的份，浪費大好人生的習慣，害死妳和我。」

無藥可救的自己。無能為力的自己。

就算可以重新來過，自己一定也是走同樣的路，浪費同樣的時間，抱著同樣的心情來到這裡，得到同樣的後悔吧。

腐敗的本性沒有變。菜月・昴這個人就只是個器量小的人類而已。這個事實沒得改變。

「對啊，天性是不會變的……在這個地方活下去，就算這麼想也沒有任何改變。老爺爺也看穿我這種地方。對吧？」

留在王都，在庫珥修宅邸叨擾時昴有向威爾海姆學劍。

不管被打倒幾次，即使遍體鱗傷卻還是繼續挑戰。看著昴這樣子的老人家，卻看透了他的本性。

『面對捨棄變強的選項的人，講述要變強應有的心理準備這種大道理，怕是沒什麼意義。』

在修練的日子裡，講述揮劍者的心得，除此之外老人還這樣搖頭。

那時，昴不明白威爾海姆在說什麼，還否定他的話——但其實真心早就清楚領悟到是什麼意思了。

「不是努力變強，也不是試圖想方設法……我只是，沒有什麼都不去做，也都有努力……然後像這樣，擺出很好懂的態度，把自己正當化而已……」

被愛蜜莉雅拋棄，在王選會場呈現出慘不忍睹的姿態。

因為意識承受不住來自四面八方的目光，所以就裝做那些視線看的是『正在努力的自己』，好來保護真正的自己。

像這樣找出妥協的理由，好為行為辯解。

想要改變，可是這麼想的自己卻什麼都沒改變，就是最佳鐵證。

「我好想說沒辦法！我好想說我盡力了！就只是這樣而已！就只是為了這樣，我就做出像是挺身而出的舉動！讓妳陪著我唸書用功，其實是為了要掩飾下不了的台的地方！我骨子裡，是個只顧自己又在意他人眼光、膽小卑鄙骯髒的人！這些，全都沒有變……！」

虛張聲勢逐漸剝落。虛榮心逐漸瓦解。

不想被別人認為很糟的虛榮心，主張自己沒有錯的利己心，打破薄薄的殼湧出來。

「……我，真的很清楚。全都是我不好。」

當作是別人的錯，找個理由藉口，高聲攻擊就輕鬆多了。

看不見真正的自己就能解決，不用讓人看見真正的自己就能解決，只要表面修飾好，不用被人看見裡頭有什麼就能解決。

弱小、自私、只會大吵大鬧，卻還想被愛。

不用被人看見這樣醜陋的自己，不用看見這樣醜陋的自己，就能解決。

「我，差勁透頂。……我，最討厭我自己了。」

那些混濁骯髒的東西，自來到異世界——不對，還在原本世界的時候就悶在裡頭的那些，全都被嘔了出來。

是連自己都覺得噁心的人性。

吐完後，讓胸口噁心的感慨並沒有因此消失。一般來說積在心裡的話吐出來的話，不是會變得稍微輕鬆點嗎？

結果不但沒有稍微輕鬆，還因為清晰自覺到自身的愚蠢，感覺比說出來還要丟臉，羞恥心沸騰到好想現在就去死。

都倒完這麼多穢物了，卻還只想著自己。這份軟弱最叫人無地自容。

剛剛，對眼前相信昴的雷姆，告知她所見到的光彩全都是虛假構成。做出像拿黑色顏料塗抹美麗圖畫的舉動，果然比起關心她昴還是以自己為優先。

結局，就是這樣。

認同並確切感受到自己厭惡的部分、惡劣的德行、欠缺的地方，並不能當場就改善。不如說，風洞的荒唐深邃與黑暗，連試圖想改變的氣概都給奪走了。

沒有被憐憫的價值，這就是菜月・昴的本性。

潛藏在昴深處底部的骯髒自我的樣貌，連藍髮少女都終於——

「雷姆知道。」

「——」

「知道昴是那種就算身處在看不見前頭的黑暗中，也還是有勇氣伸出手的人。」

——即使如此，雷姆都沒有遺棄昴。

5

絕對的深情，全盤的信賴，讓昴感到前所未有的焦躁。

都這樣痛罵到一無是處了，都赤裸裸地呈現如此醜陋的本性了，都正面切入告知一切都是虛偽，自己只是個無藥可救的可憐蟲。

——為什麼，她還能用充滿慈愛的目光看著昴呢？

「雷姆喜歡被昴摸頭。透過手掌和頭髮，感覺好像跟昴心意相通。」

用平靜柔和的聲音，雷姆開始對著沉默的昴講述。

「雷姆喜歡昴的聲音。只要聽見一個字，就覺得心裡溫暖起來。雷姆喜歡昴的眼睛。雖然平常很銳利，可是要對某人溫柔的時候就會變得溫和的眼睛，雷姆很喜歡。」

彷彿連珠砲般，雷姆繼續朝沒有任何反應的昴述說。

「雷姆喜歡昴的手指。明明是男生卻有著漂亮的手指，可是是一握住就會讓人覺得果然是男生的強壯纖細手指。雷姆喜歡昴走路的方式。走在一起時，偶爾會回過頭來確認有沒有跟上的走路方式，雷姆很喜歡。」

內心發出慘叫。

雷姆每像這樣連綴出句子，慘叫就在昴的心裡迴盪。

「……別說了。」

「雷姆喜歡昴的睡臉。像嬰兒一樣毫無防備，睫毛有點長長的。一碰臉頰就會睡得更沉，惡作劇地碰嘴唇也沒有察覺……雷姆喜歡到胸口好痛的地步。」

「為什麼……」

要接著說這些呢？

為什麼要朝愚蠢到沒藥救、一無是處的昴說這些話呢？

「雖然昴說討厭自己，可是要說的話，昴也是有好的地方，所以希望昴可以知道雷姆知道的事。」

「那些東西，都是假的……！」

雷姆看到的都只是喜歡的幻影。

真正的昴不是那種人。真正的昴更骯髒。和雷姆喜歡、看到都是優點的人完全相反，醜惡的昴才是正牌貨。

「妳只是不懂！我的事，我自己最清楚！」

「昴只知道自己的事！昴又多了解雷姆一直看著的昴了!?」

反射性辯駁的昴粗聲粗氣，但雷姆的叫聲卻蓋過他。

來到這裡她頭一次那麼大聲，昴被嚇到。

驚訝屏息後，才終於注意到努力維持撲克臉的雷姆，雙眼蓄積了斗大淚珠。

聽見昴的表白，她不可能沒受傷。

聽到昴的自虐，溫柔的她不可能不心痛。

即使如此，她還是相信昴。

在知道被本人貶損的內在後，雷姆還是相信昴。

「為什麼……要這樣相信我……我很軟弱，又渺小……只會逃避……！就跟以前一樣，只會逃，可是為什麼……」

這麼丟人現眼、不可靠、老是輸給自己的弱小的我，為什麼妳能相信到這種地步？為什麼妳能相信連本人也不相信的我？

「——因為，昴是雷姆的英雄。」

無條件寄予全盤信賴的話，讓昴的心平穩地震動。

不管重疊多糟糕的條件，不管彰顯多少缺點，只這麼一句話，裡頭就灌注了足以反彈所有惡意的願望。

然後，昴慢了一拍，才終於察覺。

自己誤會了。自己想錯了。自己搞錯了。

自己深信雷姆，以為只有她，可以無邊無際地容許昴的墮落。錯以為不管裸露多麼軟弱丟臉的醜態，都能得到原諒。

那是錯的。搞錯了。致命的愚蠢。

——只有雷姆，絕不容許昴天真。

什麼都不用做也沒關係，老實乖乖地待著。每個人都對昴這麼說。

沒有人期待昴，都說他的行為是毫無意義。

——只有雷姆，不容許昴這樣的軟弱。

站起來，別放棄，拯救所有人。只有她一直這麼說。

沒有人期待昴，連自己都捨棄的昴，唯有她絕對不會捨棄，也不認同他放棄。

那是菜月・昴施加在她身上的『詛咒』。

「在那昏暗森林裡，連自己都分不清的世界裡，你救了只想著大鬧一番的雷姆。」

「————」

「救了醒過來卻不能動的雷姆，救了用盡魔法筋疲力盡的姊姊，為了讓我們逃跑而自願犧牲挺身面對魔獸。」

「————」

「即使毫無勝算，真的會有生命危險，卻還是活下來……維持溫暖的身子，回到雷姆懷裡。」

「————」

「醒過來，微笑，說出雷姆最想聽的話；在最想聽到的時候，由最希望的那個人親口說出來。」

昴施加在她身上的『詛咒』，從她口中娓娓道來。

那個『詛咒』深沉溫柔，用名為信賴的鐵鍊捆緊她的心，如今也還像這樣緊緊地纏繞著。

「雷姆的時間，曾經一直停止。在那場大火的夜晚，除了姊姊以外全都失去的夜晚，雷姆的時間就靜止在那裡了。」

道出悲壯過去的斷片後，雷姆凝視昴。

裡頭沒有絲毫錯亂，只有信仰和愛情。

「停止不動的時間，冰封已久的心，全都給昴溺愛到融化，溫柔地開始移動。在那瞬間，那個早晨，雷姆被拯救了。雷姆有多開心，昴一定不知道。」
所以。手貼胸口的雷姆繼續說。
「——雷姆相信。不管是多麼辛酸痛苦的事，即使昴看起來快輸了，就算這世界沒有人相信昴，就連昴自己都不相信自己——雷姆也會相信你。」
述說，邁步，雷姆拉近距離。
在伸手可及的距離下伸出雙手，雷姆抱住低頭不動的昴的脖子。
抱住的力道不強，但毫無抵抗的昴順其自然地被抱緊。
頭被抱在有身高差的雷姆胸前，聽著從正上方灑落的聲音。
「拯救雷姆的昴，是真正的英雄。」
嘴唇湊近額頭，感覺到溫溫的東西碰觸那裡。
熱度從接觸的地方開始擴散，昴心裡頭莫名所以的感情膨脹。
血液流過無法動彈的手腳，埋沒腦袋的噪音逐漸平息遠離——

「不管我多努力，都救不了誰。」
「有雷姆在。昴所救過的雷姆，現在就在這。」
「什麼都沒做，一點內容都沒有的我，沒人願意聽我的話。」

「有雷姆在。昴的話，雷姆什麼都聽。雷姆想聽。」

「我不被任何人期待。沒有人相信我。……我，最討厭我自己了。」

「雷姆，深愛著昴喔。」

碰觸臉頰的手好熱，近距離凝視昴的瞳孔濕潤。

那模樣，她的態度，連同話中的真摯都肯定了『真實』。

「我，到底……哪裡好了……？」

不管挑戰幾次，不管重來幾次，都只是糟蹋一切。

大家都死了，因為手碰不到。害死大家，因為思慮不周密。

虛有其表，軟弱無力，腦袋空空，行動遲緩，連想要保護某人的心情都搖搖欲墜的半吊子。

這樣的自己，哪裡好了？

「昴很棒喔。」

「────」

「雷姆討厭昴不在。」

連自己都不相信的自己，假如有人相信的話，

菜月・昴還可以戰鬥嗎？

——可以不要放棄與命運搏鬥嗎？

「假如不能原諒虛有其表、什麼都沒有的自己的話——那就從現在開始吧。」

「做、什麼……」

「就像昴推動雷姆停止的時間那樣，昴就從現在開始，推動認為已經停止的時間吧。」

什麼都沒做的過去，至今什麼都辦不到的日子，荒廢度過的時間。對此感到悔恨、引以為恥到想要放棄。

雷姆對著這樣的昴微笑，告知：

「從現在開始吧。從一……不，從零開始！」

「——」

「如果一個人走很累，有雷姆撐著。分擔行李，互相支持走下去吧。那天早上，不是這麼說嗎？」

並肩而行，邊笑邊聊未來的事吧。昴曾這麼說過。

依賴對方、互相扶持著往前進吧。昴曾這麼說過。

「請展現帥氣的一面，昴。」

因為一直都在展露遜爆的一面。

在她身上，施加不會消失的『詛咒』的，就是昴本人。

因此昴有完成這個責任的義務。

「……雷姆。」

「是。」

雷姆平靜回應呼喚。

抬起頭。看向前方。凝視雷姆的瞳孔。

沉穩，溫柔，等待昴道出答案。

因為，昴是她所心愛的菜月・昴。

「——我，喜歡愛蜜莉雅。」

「——是。」

昴的告白，雷姆用了然於心的微笑點頭。

她的微笑，她的溫柔，讓昴明知殘酷卻還是說下去。

「我想看愛蜜莉雅的笑容。我想為愛蜜莉雅的未來盡一份力。就算被說礙事、不要跟過來……我還是想待在她身旁。」

接受雷姆心情的現在，昴再度確認這份不變的心情。

只不過，感受這股與日俱增的思慕的方式，和以往有所不同。

「拿因為喜歡的心情當免罪金牌，什麼都自以為了解……是一種傲慢。」

「──────」

「不了解也沒關係。現在，我想幫愛蜜莉雅。假如有辛酸痛苦的未來要攻擊她，那我想把她帶向大家都可以笑著的未來。」

所以說，

「妳願意，幫我嗎？」

伸出手，問近在身旁的雷姆。

先告訴她自己無法回應她的心情。明知道很卑鄙，也知道這是在利用她的心情，儘管如此，她還是深愛著無法放棄重要之人的未來的昴。

「我一個人，什麼都辦不到。我不足的地方太多。我沒有自信可以走得直直的。軟弱，脆弱，渺小。所以，為了讓我走得筆直，為了讓我搞錯路也能察覺，妳願意幫我嗎？」

「昴真是過份的人。可以對剛被甩的對象做這種請求嗎？」

「要對一生一次的求婚被人拒絕的對象講這種話，就算是我也很難開口的。」

昴虛脫地笑說，雷姆忍俊不住噗嗤一笑。

彼此笑了好一陣子。接著雷姆端正姿勢，優雅地捏著裙擺展露完美的屈膝禮。

「在此謹表接受。只要這樣能讓昴──雷姆的英雄笑著迎接未來。」

「嗯，妳就在特等席，好好看著吧。」

昴將接過遞出的手、交換誓言的雷姆拉近自己。

「啊。」雷姆輕叫出聲，小巧的身軀被納入昴的懷抱內。昴由衷感謝這份柔軟、熱度、喜歡自己的女子的存在。

「──我會讓妳看到，妳迷戀的男人成為最帥最棒的英雄的！」

胸膛內，好熱。

被抱緊的雷姆，臉壓在昴的胸膛上，隱藏住表情。

呼吸好熱。摩擦的額頭還有臉頰好熱。

從她的雙眼流出的淚水，一定是最滾燙的。

──雖然現在，昴還沒法喜歡自己，還是討厭自己。

可是，因為有個女孩說喜歡這樣的昴。

因為即使是這樣的昴，也有個希望對方能喜歡上自己的女孩。

──看著愛蜜莉雅。看著雷姆。所以，不可低頭。

「————」

從這裡開始，從零開始吧。
開始菜月・昴的故事。

——從零開始的異世界生活。

第六章　『被分到的卡片』

1

房內籠罩沉默，還有充斥緊繃的緊張感。

肌膚品味著緊張感，昴同時用舌頭沾濕乾掉的嘴唇，首先要感謝能夠整理好第一階段的狀況。

以所有事的大前提而言，聚集在場的所有面孔，對昴來說是不可或缺的。

沒有力量，智慧也不足，更欠缺能力和人脈的自己，要說能辦到的事，就只有別讓之前的死成為白費而已。

「延遲晚餐時間聚在這裡的原因，總算快能理解了呢。」

坐在沙發上，雙手在腿上交握的庫珥修・卡爾斯騰打破沉默，凜然面容浮現理解神色，喃喃道。

「是這樣嗎～？菲莉醬老實說還在懷疑喲。那麼膽小的男生，突然不知幹嘛就變成那種眼神，怎麼想都有問題喵──」

語氣和表情都裝作輕薄，但看著昴的他──菲莉絲的視線卻沒有大意。他的態度，洋溢著不論發生任何危險都要保護主人的氣概。

「————」

與菲莉絲成對比，在庫珥修的左方固守沉默的是威爾海姆。

腰部配劍，閉目沉思的老劍士只飄盪著被磨利的劍氣。迎接從城門口回來的兩人時的溫和氣息，現下早已蕩然無存。

因為現在並非私交場合，目前他正專注在擔任主人庫珥修的劍的任務上。

像這樣面對庫珥修他們，是身在對昴來說沒留下好回憶的庫珥修宅邸會客室。過去，昴在這裡曾兩度被迫舔嚐辛酸。

與會的面孔，有庫珥修、菲莉絲、威爾海姆三人。當然昴也置身其中。但有個地方不一樣。就是，

「去而復返是有點尷尬。不過菜月殿下帶來的話題彷彿要拂去這不適的感覺，令人期待。」

說完，特徵是一頭黯淡金髮還有整齊山羊鬍的溫文儒雅男子對著昴笑。

在王都擁有莫大影響力的商業工會代表人物，拉賽爾．費羅。

拉賽爾這番像要牽制的話語，被昴一派輕鬆地聳肩擋掉。

「現在，雷姆去叫另一人過來。請再稍等片刻。不確定對方會不會來……不過贏面很大。」

「根本早早就在恭候大駕了。可以順便請教你贏面的根據嗎？」

即使面對昴裝模作樣的發言，拉賽爾的應答也沒有絲毫窒礙。

以腦袋、嘴巴、舌頭靈活度都遠高於自己的真正商人為對手，昴彎曲嘴角。

「很簡單。對錢的味道很敏感，她本人這麼說過。如果是真的那她一定會露臉。拉賽爾先生也是吧？」

「唉喲喂呀，被戳到痛處了呢。」

拉賽爾手貼額頭，似乎想說被拿下一分。當然，昴也沒打算好整以暇地全盤接收他的讚美。

自己是走在多危險的鋼索上，這點自覺還是有的。而且現在，還只是在懸崖兩邊剛拉好繩子準備固定的階段。

要渡繩，是在那之後的事。

借來的勇氣支撐著昴，帶來力量。

「各位，久等了。」

幾分鐘後，會客室的門打開，一名少女——雷姆現身。

「喔ㄎㄟ了喲。」

豎起右手拇指後眨眼，跑到昴身旁後湊到耳邊。

「說是會慢一點到，不過一定會來。」

「——這樣啊。很好，幹得好喔，雷姆。」

這樣一來，昴的走鋼索準備就算完成。

在抵達談判桌之前，將談判導向期望形狀的路線已弄平整。

那是在記憶猶新的世界裡，昴親身體驗過的一個答案。

「最後的參加者說會慢一點到，不過主要成員都到齊了。再讓各位久等也很過意不去。——開始吧。」

昴的宣告讓氣氛改變，房內的面孔各自有所反應。

庫珥修微微一笑，菲莉絲緊抿嘴唇。威爾海姆始終貫徹沉默面不改色，拉賽爾舒適地往椅子一沉。

看著這些反應，昴深呼吸，穩定自己的心情。

感覺心臟跳得又快又大聲。

血液奔流全身的同時，龐大的不安翹起脖子，眼前彷彿快要漆黑一片。

但是，

「昴。」

身旁的雷姆，為了讓不安的昴放心而輕輕觸碰他的袖子。

不是握手，也沒有特別主張自己的存在。很有雷姆風格的小關心。昴彷彿得到千軍萬馬，擁抱安心感。

雷姆在看著。在這怎能做出遜咖之姿呢。

「——好。」

大膽地笑，將恐懼藏在笑容後，昴挑戰第一道牆。

為了將條件穿針引線，好迎接ＨａｐｐｙＥｎｄ。

為了那位喜歡自己的女孩，讓她所相信的男孩更接近英雄一步。

「首先，我想確認一件事。菜月・昴。」

豎起一根手指的庫珥修，呼喚鼓足幹勁往前看的昴。

「這個聚會的宗旨。——由你，親口告知。」

靠在扶手上，手拄著臉頰的她用伶俐的目光射向昴。

應該已經知道答案了，但要昴親口說出來的庫珥修姿態依舊沒有一絲天真。

話一起頭，比賽就算開始。

這點，也是因為之前不斷失敗，如今才能了解。

「這當然是——」

所以昴加大動作，邊保持自我以免被庫珥修刺過來的視線給吞沒，邊堅決地笑以免重複過去的失敗。

「愛蜜莉雅陣營與庫珥修陣營，以對等條件同盟合作——為此而開的談判。」

昴即將挑戰橫亙的數道障礙第一關。

2

——在王都正門大道上與雷姆的對話，讓昴決定要真的開始重來。

裸陳內心一切後雷姆卻還是相信自己。這是對她的誠意。而且託此之福，清楚自覺到自己應做之事。

「踩過這個後，還有很多必須跨越的牆壁……」

妨礙的牆壁數量，以及死棋的狀況都沒有改變。

「就算這樣，還是得做些什麼。妳肯幫我嗎，雷姆？」

「是，只要昴希望，任何事都儘管吩咐。」

雷姆朝著抓頭想要集中思緒的昴爽快點頭。

即使闡明自己的癡情，雷姆眼中的信賴依舊不變，在昴的內側點燃勇氣與義務感這兩盞燈火。

事到如今，在雷姆面前，昴也不會想再掩飾自己的醜態和無計可施的焦慮。

不管怎麼說，自己半哭著把自卑感和其他事全都給掏出來了。挖掘出雷姆的內心也是事實，昴和雷姆真的成了同生死共患難的知己。

正因為像這樣下定決心，昴的腦袋才得以保持得這麼清晰。

「首先，再確認一下剩下的時間。現在回去的話，不到一小時……這樣子……」

就跟以前確認過的一樣。魔女教在梅札斯領地引發事變是在第五天——亦即，自己只剩下四天半的猶豫期。

這猶豫期也必須將街道被封鎖一事考慮進去。所以能夠用於準備的時間實際上只有兩天。

「那，必須用這兩天解決的問題，怎麼想都太多了。」

必須突破的關卡很多，而且質量也是之前的輪迴不能比的。

各自獨立的絕望之壁，大舉蜂擁而至。而自己必須全部突破。

第一個問題當然是魔女教。要是不想辦法阻止貝特魯吉烏斯率領的信徒，別說宅邸了，連一個村民都救不到。

第二個就是改變方式和種類，可是一定會到來的雷姆之死。

不管是昴跟著還是只有雷姆先走，命運的死胡同都必定以她的死做結尾。第一次是在沒看到的情況下死去。然後是第二次和第三次讓她在眼前死去的絕望感。其帶來的衝擊讓昴走向放棄之路，可以這麼說也不為過。

然後第三個，就是以愛蜜莉雅的死為扳機，大精靈帕克的無差別肆虐。

回想起來，在這次的輪迴裡，昴的死因很有可能都是帕克造成的。因為從第一輪到第三輪都是凍死，所以幾乎是肯定的。

每道牆壁都很強大，只要輸給其中一項，之後的世界就不會有菜月・昴期望的未來。而那也是背叛了雷姆所相信的英雄。

「——有好幾個。」

淘選出問題點的昴喃喃道。

看著昴陷入沉默邊思考邊喃喃自語，雷姆什麼也沒說。昴的自言自語並不尋求附和，只是在等待接在後頭的答案。雷姆知道這點。

期待最愛的英雄，做出最妥善的判斷，做出最大的貢獻。

那就是現在的雷姆該有的姿態，也是現在的雷姆能表現出最大限度愛情的方式。

被雷姆看守的昴在有限的時間裡，飛越時間限制的框架讓記憶再生，為求一絲端倪而讓思緒奔馳。

——運轉腦袋，燃燒心智。

因為身體和能力，現在都追不上理想。

——去回想，去思考。

別讓自己三次的死亡變為白費。別讓死了三次的少女的意志白費。結束三次的世界一切，重重地壓在昴的心上。

邂逅的人們，交談的對話。訣別，遭遇，憤怒，瘋狂，悲傷，絕望，再起。

然後——

「有可能……嗎？」

突然掠過腦海的，不過是少許的可能性。

每一條線都細微脆弱，勉強接在一起後都還脆弱得不知何時會斷裂。要賭上所有實在太不可靠。

——正因如此，才有『賭注全下』的價值。

「雷姆。我有幾件事必須跟妳說，還有想要妳聽的話。」

「是。」

為了彙整剛想到的草案，昴向雷姆尋求協助。

「愛蜜莉雅參加王選的事公開後，魔女教的傢伙即將出動。他們的目標是愛蜜莉雅，但是宅邸和村莊也會受害。我想阻止那發生。」

「魔女教……」

聽到這單字，雷姆的雙眸一瞬間露出危險的情感。

但是，雷姆靠自制心壓抑那感情，縮下顎回應昴的話。

「關於魔女教出動的可能性，羅茲瓦爾大人也有在防範。雷姆雖然沒有詳細聽說，但說是已經討論過而且也擬定好對策了。」

「可是，只靠那還不夠。」

以事實定論來說，羅茲瓦爾對魔女教採取什麼樣的對策還不明朗。

是計畫告吹，還是沒有效果不得而知。只能確定的是，事前準備沒有成效，那個地獄必然會打開。

既然知道這個未來，昴就必須以不仰賴羅茲瓦爾的方式來確保自衛能力。因為那才是守護宅邸居民和村莊人民性命的手段。

「魔女教應該是打算速戰速決。雷姆，宅邸的戰力有？」

「……雖然難以啟齒，不過其實羅茲瓦爾大人不在宅邸的可能性很高。因為原本就預定從王都回去後要立刻拜訪領地內的權勢者。」

雷姆含糊其詞的回答，跟上一次一樣。都是羅茲瓦爾不在的報告。

宅邸裡現在只剩下愛蜜莉雅、拉姆還有碧翠絲。

就這三人，而且還包括碧翠絲。不合作的她，是否會與魔女教一戰還很難說。

上一輪，雖然時間很短，但還是努力回想與碧翠絲的交談內容。

面對拜託她殺了自己的昴，碧翠絲的表情簡直就像期待被背叛的稚子——

「現在……那個留待後頭。」

勉強揮別少女泫然欲泣的眼神，昴重新面向雷姆。

「那，能作戰的就兩人。就算我和雷姆回去，也只是杯水車薪。」

「本宅的戰力大半都仰賴羅茲瓦爾大人的個人能力，這點無法否認。假如法蘭黛莉卡還在的話，事情可能就不一樣了。」

說出以前曾在宅邸工作的同事名字，雷姆氣惱地垂下視線。昴為了安慰而拍她肩膀，同時為了不讓情報出差錯而縮小細微部分。

關於魔女教和宅邸的現有戰力，應該是沒有更多情報了吧。

既然如此，下一個話題就是正題。

「雷姆。」

端正姿勢，昴筆直凝視雷姆。

然後，看著她察覺到氣氛改變而抬起頭的樣子，說：

「妳留在王都是為了什麼？告訴我羅茲瓦爾的命令是什麼。」

「──────」

會是詫異嗎，還是被趁虛而入的表情呢？昴心想。

可是，聽見這話的雷姆，卻完全背叛昴的預料。

「──是。如昴所願。」

雷姆點頭，露出打從心底開心的微笑，眼角悄悄劃過一道淚痕。

3

「同盟……啊。」

時間拉回一開始，場面也轉移到庫珥修宅邸的會客室。

承受所有人的視線，昴答出會談的目的後，庫珥修低喃。

庫珥修微收下巴像在深思，接著瞥向雷姆。平靜地察覺到那探詢的眼神意義，雷姆緩緩搖頭。

「雷姆按照羅茲瓦爾大人的吩咐，什麼也沒透露。——一切全都是昴自己推斷到這的。」

「並不是懷疑妳的忠義。不過，這樣啊……」

與其說同意，庫珥修以更像是首肯的表情表示理解。

「既然如此，此次的談判角色就由雷姆將權限委由你——菜月・昴囉？」

「嗯，就是這樣。羅茲瓦爾也真是的，做了很壞心眼的事耶。」

誇張嘆氣後，昴在內心朝主人的小丑臉吐舌頭。

瞞著昴，只對雷姆下達在王都的密令。還嚴格下令其內容除非昴自己察覺，否則絕對不可由雷姆告知。

「我不是一開始就察覺到的。原本我對我們陣營人手不足這點早有自知之明。在這種狀況下，怎麼會不設定期限就把雷姆留在王都？而且還是宅邸裡能力最不可或缺的雷姆？不能理解。我應該要更早察覺的。」

當然，為了治療和賠償解救自己領地危機的昴，不留一個人照料他生活起居的話就說不過去。也是有這樣的方針在裡頭。

「不過，我不覺得那個怪人會在這個時期因為這種正經八百的理由放開雷姆。所以說裡頭一定有鬼。只要這樣一想的話……」

「自然就會接到最有碰面機會的當家身上，是嗎。」

換腳交疊後，庫珥修接著昴的話闡述結論。

「而且，我聽說每晚雷姆和庫珥修小姐都會密會。都沒在想妳們在聊什麼的我，實在是笨到讓我自己都覺得討厭呢。」

之前自己到底是自戀到什麼地步才會只看到自己啊？忍不住、也只能這麼自嘲。

雷姆其實早就委婉地將羅茲瓦爾隱瞞的意圖化做提示好傳達給昴，但看過四遍世界後才終於察覺到。

「每夜的會談內容都與締結同盟有關。為此，我方這邊提出的條件，我大致聽雷姆說過了。」

「艾利歐爾大森林的魔礦石，以部分的開採權作為主要的談判籌碼。」

不覺得有什麼好隱瞞的庫珥修，爽快地道出昴只打算暗示的話。

聽到這話，眼神頓時散發光輝的是唯一在場的商人。

「唉呀呀這真是，不能聽漏的話呢。」

安靜到剛剛的拉賽爾眼神閃耀光彩。從音調就知道他為終於聽到對自己有實質價值的內容感到欣喜。

「考量到近年來魔石工藝技術突飛猛進，魔礦石的開採權在往後將會越來越有價值。更何況是尚未開採之地的採礦權，就更不用說了。」

商人出乎意料的來勁，昴內心難掩驚訝。

一開始聽雷姆提到採礦權時，庫珥修都還是搖頭，所以還以為那不是多有魅力的條件。

「這件事有讓拉賽爾先生開心不已的價值嗎？」

「當然。因為也有與長於魔石工藝的卡拉拉基交易，因此我國的魔石工藝工匠也年年提升技藝。最近連市井小民都能瞥見這方面的恩惠。魔礦石現在是越多越好。至今來源大多都是仰仗與北國古斯提克的交易，因此若礦藏豐富的話可是件大喜之事。」

立起手指，拉賽爾以嘹亮之聲回應昴的質問。

「魔礦石含有瑪那，是純粹魔力的結晶。屬性大幅受到土地影響，以及加工工匠的技術。相對的，只要是巧手工匠就能根據用途做出各式各樣的魔石工藝品。強度也很優異，只要不搞錯使用方法的話耐用年數也值得信賴。做為商品的魅力，就不用說了吧。」

「只不過，能夠對魔石加工的工匠不多。魔石只要一經加工就無法重來。現狀為採礦場大多由王國管理，魔礦石大部分都用在公共事業上。雖說有流到市面上，但終究只是一小部分。」

相較於拉賽爾列舉的都是魔礦石好的一面，庫珥修則是冷冷陳述其差的一面。不過拉賽爾毫不氣餒，接著說下去。

「正因如此，發現尚未開採的礦源不就讓人很興奮嗎。梅札斯邊境伯代代都以發掘到未發現的礦脈來累積財富。再加上這邊這位王選候補者愛蜜莉雅大人的騎士的保證。我認為可信度和信譽都非常高。」

用熱情的口氣這麼說的拉賽爾，斜瞥昴後大言不慚道。

知道昴在王城的醜態，卻還一口咬定可以作為保證，心腸有夠壞的。對採礦權佯裝膚淺樂翻天的樣子，但卻還不忘牽制昴。

事到如今可不能事不關己喔。這才是拉賽爾對昴的言下之意。

不過，昴也絲毫沒有退卻的打算。

「哦，這點你可以儘管放心。在接下來還很漫長的王選之爭中，應該是沒有一開始就誆騙想合作對象的笨蛋。」

說要讓出部分採礦權的是羅茲瓦爾。正因如此可以放心。

聽到昴的回答，拉賽爾刻意抽身。

「原來如此。看起來是有著談判對象的架勢在呢。做出測試您的言行，實在是萬分失禮。」

「不會，沒什麼。我這邊接下來要說的，還得大力仰仗拉賽爾先生的口才。」

原本就不期待拉賽爾對昴的評價有多高。

懷疑昴的能力並當場確認，這早在預料之中。

刻意準備容易被見縫插針的話題，好在進入正題之前迴避掉煩人的緊迫盯人，不過他按照自己的期望上鉤，叫昴難掩安心。

為了隱藏僵硬的臉頰，刻意做出無意義的傲慢態度也是一種討喜姿態。

「話雖如此，既然像這樣致歉，那之後可以容許我一、兩次的失言，或是期待你的補充說明囉？」

「就是期待，才請拉賽爾・費羅同席嗎。你也真是不好對付呢。」

朝著耍嘴皮子的昴淺淺一笑，庫珥修似乎結束了對剛剛對談的評價。會談尚未結束，但分數方面好像是及格了。

跨越一開始讓人冒冷汗的關卡，昴望著維持親切笑容的庫珥修，說：

「可以觸及到賺錢的話題又能當顧問給意見，當然是我的目的……不過請拉賽爾先生來，與之後的正題有關。」

「哦——正題嗎。」

昴說的話，再度讓室內的空氣緊繃。

至今始終擺出只是剛好在場態度的庫珥修，端正姿勢平靜地闔上雙眼然後慢慢打開，琥珀色的眼眸洞穿昴。

儘管面對令人錯以為起風的威懾感，但昴並不膽怯。

要說暴力性的威懾感，早就已經品嚐到生厭的地步。與此相比，庫珥修的目光裡頭沒有夾帶任何試圖讓昴畏懼的負面情感。

有的就只是讓面對的對手挺直背脊，緊繃心神的正面情感。

「菜月・昴。我認同你是梅札斯卿的代理人，同時也是愛蜜莉雅正式派來的使者。在這談判會場，你跟我之間的交談內容，就等同於愛蜜莉雅與我之間的對談。」

只是正面相對而已，就讓人感到相形見絀。

庫珥修現在，並非刻意震懾昴。

她單純只是將意識從之前的庫珥修個人，切換到公眾人物庫珥修・卡爾斯騰罷了。

卡爾斯騰公爵家當家的存在感，就是具有如此威力。

——這才是露格尼卡王國現今最接近王位的女傑的真正姿態。

皮膚起雞皮疙瘩，感嘆在腦子裡打轉，昴平靜地動搖、顫抖。而庫珥修則是朝他伸出手，自行拉開宣告談判開始的序幕。

「你應該已經聽過，不過容我重新發問。我和雷姆之間的交涉，雖然有提到出讓採礦權，但彼此並沒有達成協議。這點你知道吧？」

「……嗯。」

雷姆感嘆自身能力不足的樣子浮現腦海，但昴完全沒察覺到雷姆在苦惱，所以也不得不感嘆自己有眼無珠。

揉合兩者感嘆然後後悔，將事先在未來得到過的後悔拿來作為幸運並充分利用。因此，之前輪迴的失敗都是一種幸運。

「我也想確認一下，其實，剛剛的條件還不夠嗎？在不過度干涉彼此的陣營下，讓出艾利歐爾大森林的部分採礦權。處理被開採的魔礦石的細部就留待之後再討論。」

「草案是由雷姆提出。該說不愧是梅札斯邊境伯吧。不但充分確保自身陣營的利益，還能提出只讓當家接受的利益。本來是不可多得的好機會，讓人想立刻準備同意書的條件，但……」

關於這方面的數字爭辯，不是昴可以插嘴的。

要是一個不小心，就有可能說出「那採礦權全部給妳」這種話。

「這次的情況，談判後的影響會是個問題。懂嗎？」

「信不過羅茲瓦爾……不是這樣吧？」

假如羅茲瓦爾的素行不良被視作問題，那今後就可以以此為把柄，矯正他過著清爽正當的生活，但庫珥修的問題點不在那。

那是無可避免、從愛蜜莉雅的身份延伸出來的問題。

「要與敵對的王選候補人選，還是半妖精……被誹謗為半魔的愛蜜莉雅交易，考量到往後，就不得不慎重應對。」

低聲陳述的庫珥修，讓昴感到意外還有沮喪。

昴對庫珥修的印象，基本上都是『威風凜凜』和『誠實』這類與耿直之人相對應的形容詞。

在王選表明信念時，庫珥修展現的態度簡直就是用本人體現出這些印象。正因為聽到那些發言，這種在意時下風評的態度反而叫人感到不對勁——

「該不會，妳的原則是先打預防針叫人做好心理準備吧？」

「————」

「昴啾——？在重要的談判場合講這種事，菲莉醬覺得是不太好的喲喵？對吧？」

昴不經大腦的發言，讓至今默默看著談判過程的菲莉絲用笑臉表達憤怒。

看到她額頭冒出青筋，昴連忙塞住嘴巴低下頭。

「唉呀呀，傷腦筋呢。」

看著他們互動的庫珥修嘴角微微一翹。

「老實暴露原則，反倒是我會感到羞恥。這讓我上了一課。要是沒有這樣的機會，就沒法得到這樣的經驗。」

她就用這番話以及昴難以理解的邏輯，寬恕方才的無禮發言。

話雖如此，老是被對手的器量拯救，就會失去立場。

「也就是原則是原則……真心話方面，可以想成庫珥修小姐不排斥和愛蜜莉雅結為同盟囉？」

「菜月・昴，我要訂正一個想法。」

豎起指頭後，庫珥修指向昴。

「一個人的價值，是由靈魂的生存方式與閃耀方法來決定。出身與環境並非斷定一個人本質的決定性要素。」

當然，那些都是間接要素。庫珥修也明白這點吧。

愛蜜莉雅的環境，針對半妖精身份的責難，強加極度不合理與嚴苛在她身上，只要有點想像力就絕對不難想像。

「在王選會場，愛蜜莉雅說的話並非謊言。正因為擁有確實的覺悟與驕傲，我才認同愛蜜莉雅為敵對候補人。」

「拐彎抹角耶。所以？」

「裝腔作勢是我個人喜好的問題，原諒我。」

似乎對自己的誇張的言行有自覺，庫珥修輕笑後，眨眼間就收斂表情。

「愛蜜莉雅身為半妖精，並非我拒絕同盟合作的原因。不如說在政策方面並非敵對派的愛蜜莉雅，對我來說也是不需積極敵對的人物。同盟的事，自然也很樂意。」

「那就……」

「不要急著催答案，菜月・昴。是否接受你的申請，說是被你之後的應答所左右也不為過。」

告誡因前面的好感回答而身子前傾的昴後，庫珥修重新問他。

亦即，詢問持有談判權的昴，要端出什麼來給她。

「艾利歐爾大森林的採礦權，可以讓我方獲利甚豐。但相對的，我感覺不到有必要急著在王選棋盤上下棋也是事實。期限是三年。太過急於推動狀況，會在往後留下禍根吧。」

「與愛蜜莉雅締結同盟的優點，沒法和缺點抵銷嗎？」

「有點不同。現狀，優點和缺點是互相抵銷。就身為當家的我而言，是想要一個推動我方往同盟前進的藉口。」

看來庫珥修本身對締結同盟是頗感興趣。

可是另一方面，身為公爵當家的過大立場成了障礙，使她不能單純地讓一切順從己意而動。

所以，她需要一個理由。

推動狀況、讓周圍的人安靜服從的『某件事』，這就是昴必須提供的。

「————」

想要說話，卻發現喉頭哽住。昴為這感覺微微吃驚。

緊張與不安在心中膨脹，堵塞住想要踏出一步的昴的喉嚨。

從這開始，就是至今從未體驗過、一切靠臨場反應的領域。

不曾向誰確認過可靠性。所以判斷有可能會失準。

但是，庫珥修一定會上這艘船。

——沒錯，昴相信自己的判斷。

「為了締結同盟，我方交出的是採礦權以及……情報。」

「——情報？」

聽到後，庫珥修邊摸自己的長髮邊催促後面的話。

光這樣她還沒法斷定。從現在開始，才是關鍵時刻。

「嗯，對。我能交出的，是某項情報。」

「讓我聽聽吧。你口中的那個，真能推動我方嗎。」

撫摸頭髮的手朝這裡伸出，庫珥修等待昴接下去。

不安與緊張，自然而然地讓昴全身戰慄。

不過，手肘處感受到的些微溫度消滅了那些反應。

因為雷姆的手指貼在昴的手腕上，點燃借來的勇氣。

深吸一口氣，吐氣後，昴終於說出口。

「——白鯨出現的地點和時間，就是我出的牌。」

《完》

後記

非常感謝！第六集了，我是長月，也是鼠色貓。

這次一開頭就先從致謝開始。

會這樣子，是因為真的很感謝您陪著《Re：從零開始的異世界生活》到這裡。

原本在網路刊登的本作，是以寫到第六集的內容為一個目標而開始的。

在網路刊登時也是，來到這一集的內容時就有一種達成感。而這個達成感藉由出書的形式再次讓我品味到，真的是讓我高興得不得了，也光榮備至。真的很感謝。

陪伴這個故事到這裡的各位，這一集的內容如何呢？這是作者我特別用心的部分，也是網路版小說受到最熱烈迴響的部分。

當時的網路版讀者們，以及作者的達成感，若能讓閱讀本書的您也感受到，那真的沒有比這更棒的事了。

當時網路版的感想裡有「好像到這就要結束了呢（笑）」，不過是有接續奮起和反擊的劇情的，還請放心。

為了讓一同走到累積大量挫折劇情的各位心服口服，主角們會一同努力一掃沉悶的。

那麼，又到了後記的慣例，這次最後面也要放感謝話。

責編I大人，透過本系列真的蒙您照顧不少。我認為第六集的內容正是責編找我的最大契機，因此出版內容能到這邊，真的非常感謝。

畫插圖的大塚老師，對不起這一集對圖畫的意見特別多。從不能雷到劇情的扉頁開始，還有許多插畫。特別是最後的插畫最叫人煩惱，真的是感謝再感謝。而且這次準備了普通版和精裝版兩種書封圖片，真是可愛過頭了。特別是精裝版的根本是驚為天人。您是神吧。（編註：兩種書封為日版限定。）

還有設計師草野老師，這次也謝謝您俐落地就拍板定案。這次不只書封圖片，與本作相關的圖畫全都仰賴您大展身手，真是感謝和過意不去到極點。今後也請多多指教。

還有Re：Zero的漫畫也勢如破竹地發行了！第一張是マツセダイチ老師在月刊Comic Alive連載，第二章是楓月誠老師在月刊BIG GANGAN連載。不管哪一邊的漫畫都會配合第六集來發行，做了勉強要求真是對不起&謝謝。マツセ老師，之後第三章也麻煩您了。請多指教。

其他還有MF文庫J編輯部、行銷人員、校正人員和各家書店，每次都非常感謝您們。這是在大家通力合作下才有的作品。

還有最重要的，就是向總是給予我溫暖訊息和粉絲信的讀者們獻上我由衷感謝。謝謝您捧起本書閱讀。

那麼在下一集再會吧。請期待作者和主角的奮鬥。

2015年2月　長月達平《在新年第一次簽名就搞錯年月日》

あとがき
※後記
今までラム派だった僕も
この巻でレムに骨抜きに
されてしまいました。
レムりん、ぼぼぼぼ僕と
結婚して下さいっ！
※原本是拉姆教的我
也在這一集
愛雷姆愛到無法自拔。
雷姆玲，請請請請請請
請和我結婚！

「啊—就是這樣，又到了每次熟悉的下回預告單元。這次由在這一集戲份滿滿、合夥萬歲的我和雷姆來跟各位報告。加油吧。」

「是，請交給雷姆。為了昴，雷姆會十二萬分的努力。」

「在正傳就算了，別在這邊也使盡全力啦！雖然是我拜託的但還是覺得小害羞！」

「呵呵，掩飾害臊的昴也很棒。好，來介紹吧。這次好像有很多通知呢？」

「對、對啊，如妳所說！首先，是月刊Comic Alive和月刊BIG GANGAN連載的Re：Zero漫畫大受好評！Alive版的第二集，BIG GANGAN的第一集，都會跟本書第六集同時發售！裡頭也塞滿了特典，歡迎檢查！」

「Alive現在每個月都會連載Re：Zero的短篇小說。集結內容並添加全新撰寫的短篇集第二彈也預定在六月發售。可以看見許多昴在宅邸裡努力的身影，雷姆好幸福。」

「因為我的戲份多而開心感覺還真罕見，不過講到第二彈那個也要第二彈了！捲土重來的MINISTOP 便利商店合作企劃！Re：Zero再度與便利商店合作！」

「昴的抱枕終於出了嗎？雷姆要買一百個。」

「不，詳情還請到Re：Zero官網和推特上確認，話說回來應該不會有我的抱枕吧⁉不輸給前一項企劃的超級粉絲商品一個接一個喲！」

「這樣啊，不會出抱枕嗎……實在太遺憾了，這份心情就用看月刊Comic Alive和精裝版書籍附贈的角色橡膠吊飾來安慰吧。」

「從那樣的話題還能完美接上要介紹的東西……雷姆真是可怕的女孩！」

「要在月刊Comic Alive刊行的漫畫版第三章，決定也給マツセダイチ老師繪製。短篇集再加上正傳第七集，目光越來越離不開昴了呢。」

「不要只有我，也期待大家的活躍啊！就是這樣，請等待下一集！」

「害臊到逃避的昴也很棒很可愛呢。」

就算明天見不到今天的你

作者：彌生志郎　　插畫：高野音彥

「我喜歡你。」夏日祭典的夜晚，由良統哉被妹妹告白，並同時奪走了初吻。然而，統哉卻不知道「她」是誰，因為她的身體內寄宿著三名少女的人格，而她們正玩著「籠中鳥遊戲」……

她們三人中誰也不曉得誰才是真正的人格，而要讓她們變為普通女孩子的方法只有一種——就是實現其他人格的夢想，讓她們從世上消失。從夏日祭典那一夜開始，少女們各自有了決定。一名少女演奏音樂，一名少女全力奔馳，一名少女寫下戀情。就算自己只是虛假的人格，仍要貫徹自身的風格到最後一刻——四場於當下全力奔馳的青春群像劇在此開幕！

日本KADOKAWA CORPORATION正式授權繁體中文版

少女與戰車 3

青文文庫

作者：ひびき遊　原作：GIRLS und PANZER製作委員會
Yu Hibiki

我的名字叫做武部沙織，今年16歲，是大洗女子學園2年級學生。終於終於～來到決戰了！對手是美穗穗的姊姊，同時也是西住流戰車道繼承人之一的西住真穗領軍的黑森峰女子學園！我們的戰車只有八台，可是對方卻有二十台！再說那些大得不像話的戰車是什麼玩意啊!?真不愧是實力堅強的學校……但是我們也是賭上學校的存亡而戰，所以才不會輸呢！美穗穗的戰車道絕對沒有錯──

各自懷著不安、期待和覺悟度過的決勝前一晚過後，上演精彩總決賽的故事完結篇轟然登場！

青文出版社　網址：www.ching-win.com.tw

家裡蹲萬魔殿 2

作者：壹日千次
Ichinichi Senji

插畫：うすめ四郎
Usume Shirou

弄清楚撒旦的真面目其實是日高見家死去的長女・聖歌之後，春太他們再度開始了一家三口的生活。在這樣的日子裡，擔心脫離家裡蹲並開始上學的乾妹妹・久遠會不會在班上受到孤立，春太收到了久遠傳來的SOS『空中信』。當他慌張地趕到一年級教室，卻得知班上的帥哥・雷火為了對久遠告白而將她帶到屋頂上。『我好像會被×××（＞＜）』。儘管春太對久遠離題的SOS做出吐槽，但他的心情依然感到焦急。面對這樣的他，雷火提出了賭上久遠決鬥的要求。在這種情況下，要是又扯上聖歌她們這群惡魔的話，事態肯定會朝奇怪的方向發展——令人捧腹大笑的溫馨爆笑戀愛喜劇，眾所期待的第2彈登場！

青文出版社　網址：www.ching-win.com.tw

偽惡之王 3

Trash, Trick and Jet-Black Traitors

作者：**二階堂紘嗣**
Hiroshi Nikaido

插畫：**vane**

這是一個融合自古傳承的魔法及嶄新科學技術的世界。連恩與莉莉亞順利解決機器人偶事件後，竟收到布列托尼亞女王陛下親自下令發出之皇室邀請函。更沒想到的是，兩人在具備魔法封印之皇宮內部，遭遇秘密反抗組織引發的混亂!?

「翼之民」系譜與莉莉亞之關連的真向藉由細微線索逐漸顯現面貌；能夠實現所有願望之魔導具『聖者的齒輪』的秘密為何——

體內寄宿著賭命契約的連恩發現關於『她』身世真相的同時，握有久遠統治權之「偽惡之王」亦隨之甦醒——純正世界觀的魔法幻想物語，第三彈就此展開！

青文出版社　網址：www.ching-win.com.tw

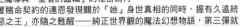

Re:從零開始的異世界生活 6

原書名：Re:ゼロから始める異世界生活 6

作者：長月達平
插畫：大塚真一郎
譯者：黃盈琪

2016年8月25日　初版一刷發行

發行人：黃詠雪
總編輯：洪宗賢　副總編輯：王筱雲
責任編輯：李東燁　責任美編：廖珮伊

國際版權：劉瀞月

出版者：青文出版社股份有限公司
住　址：10442台北市長安東路一段36號3樓
電　話：（02）2541-4234
傳　真：（02）2541-4080
網　址：www.ching-win.com.tw

法律顧問：敦維法律事務所 郭睦萱律師

製　版：嘉陽印刷事業有限公司
印　刷：立言彩色印刷有限公司

國家圖書館出版品預行編目資料

Re：從零開始的異世界生活 / 長月達平作；黃盈琪翻譯.
-- 初版. -- 臺北市：青文, 2016.04-
冊；　公分

譯自：Re：ゼロから始める異世界生活
ISBN 978-986-356-324-2(第4冊：平裝). --
ISBN 978-986-356-342-6(第5冊：平裝). --
ISBN 978-986-356-358-7(第6冊：平裝)

861.57　105003289

親愛的讀者：

感謝您購買青文出版社的輕小說！為了提供更優質的服務，我們期待收到您的意見。煩請詳填本資料卡，傳真至02-2541-4080或彌封並貼妥郵票後擲入郵筒寄出，您將有機會獲 得青文『最新出版的輕小說』以及新書出版資訊喔！

姓名：________________ 性別：☐ 男 ☐ 女

年齡：☐ 18歲以下 ☐ 19～25歲 ☐ 26～35歲 ☐ 36歲以上

電話：____________________ 手機：______________________

地址：____

E-mail：____

職業：☐ 學生 ☐ 公務員 ☐ 教育 ☐ 傳播 ☐ 出版 ☐ 服務 ☐ 軍警 ☐ 金融 ☐ 貿易

☐ 設計 ☐ 科技 ☐ 自由 ☐ 其他 ___________________________

喜愛的書籍類型：（可複選）

☐ 奇幻冒險 ☐ 犯罪推理 ☐ 電玩小說 ☐ 純愛系列 ☐ 動漫畫改編 ☐ 電影原著改編

☐ 歷史 ☐ 科幻 ☐ BL ☐ GL ☐ 其他：___________________________

購買書名：____

購自：☐ 書店，在___________縣/市 ☐ 漫畫店，在___________縣/市

☐ 青文網路書店 ☐ 網路 ☐ 劃撥 ☐ 其他：____________________

從何處得知此輕小說？

☐ 青文網路書店 ☐ 青文輕小說blog ☐ 網路 ☐ 店頭海報 ☐ 在書店看到 ☐ 書展/漫博會

☐ 報章雜誌（報紙/雜誌名稱：______________________________）

☐ 朋友推薦 ☐ 其他：_____________________________________

為何購買此書？（可複選）

☐ 喜愛作者 ☐ 喜愛插畫家 ☐ 喜愛此系列書籍 ☐ 買過日文版 ☐ 看過內容簡介而產生興趣

☐ 贈品活動 ☐ 朋友推薦 ☐ 其他：______________________________

對本書的意見：

封面設計：☐ 優良 ☐ 普通 ☐ 不好　　翻譯品質：☐ 優良 ☐ 普通 ☐ 不好

小說內容：☐ 優良 ☐ 普通 ☐ 不好　　整體質感：☐ 優良 ☐ 普通 ☐ 不好

內容編排：☐ 優良 ☐ 普通 ☐ 不好

讀者服務信箱：mk@ching-win.com.tw
青文網路書店：http://www.ching-win.com.tw

3.5元郵票

10442
台北市長安東路一段36號3樓

青文出版社
CHING WIN PUBLISHING CO.,LTD

輕小説編輯部　收

意見或感想：

若有任何問題請至青文網路書店發問

青文網路書店：http://www.ching-win.com.tw

★請用膠帶黏貼後投入郵筒內（請勿用釘書機、膠水或將回函完全封死、黏死）